从西到西

《天涯》杂志社 编

世纪出版集团 上海人民出版社

图书在版编目(CIP)数据

从西到西/《天涯》杂志社编. —上海:上海人
民出版社,2012

(世纪文睿人文典藏. 天涯精品)

ISBN 978 - 7 - 208 - 10585 - 0

Ⅰ. ①从… Ⅱ. ①天… Ⅲ. ①散文集-中国-当代
②随笔-作品集-中国-当代 Ⅳ. ①I267

中国版本图书馆 CIP 数据核字(2012)第 033203 号

世纪文睿出品

出 品 人　邵　敏
责任编辑　张玉贞
封面装帧　赵　瑾

从西到西

《天涯》杂志社 编

世纪出版集团

上海人民出版社出版

(200001　上海福建中路 193 号　www.ewen.cc)

世纪出版集团发行中心发行

上海景条印刷有限公司印刷

开本 890×1240　1/32　印张 5.75　插页 2　字数 109,000

2012 年 4 月第 1 版　2012 年 4 月第 1 次印刷

ISBN 978 - 7 - 208 - 10585 - 0/I · 988

目 录

序

祛魅的世界无比荒凉

——序"世纪文睿人文典藏·天涯精品"丛书

孔 见

如果考古的结论值得信任,人类的存在已经十分古老,祖先们在地球表面的活动延续了数百万年时光。在浩茫而无法记忆的日子里,他们一直以采集、游牧或农耕的方式,生活在自然的荫庇之下。他们奉大地为神圣母亲,以谦卑的姿态承接着造物的恩泽,并对其充满敬畏与感激之情;他们与植物一起生长,分享它们的果实;他们的生活与太阳同步,随季节流转,从泥土中来,又回到泥土中去。在他们的眼中,人的生活是大自然浩荡流程中的一条涓细的支脉。

发端于十八世纪的工业革命，和随之而来的市场化进程，带来了巨大的物质实惠，也大大改写了人与自然的关系。集中营似的生产方式，密集的群居生活，得寸进尺地离间大自然与人之间关系，把生产乃至生活过程与自然流程分裂开来，人的存在也从深邃的自然背景中析离出去，沦为一种没有根源的、荒谬的存在。随着生产过程对自然流程破坏程度的加深，原来作为自然之子依偎在大地怀抱里接受哺育的人类，反过来吞噬其母体，使之变得愈来愈羸弱与丑陋，丧失其令人敬畏的神秘性。而脱离自然母体的孤独个体，最终成了繁复政治经济关系的纠结，在利益计较与权力竞争中耗尽心力，过着匮乏灵性与诗意的生活。

　　与大地同时被祛魅的还有天空。随着在社会生产中作用的不断凸显，科学对世界的解释被合法化、权威化，成为一种占据统治地位的意识形态，给接受驯化的人们洗脑。在科学描绘的图景中，浩瀚天穹里的无数天体，只是一场物质爆炸的碎片，它们在力的作用下莫名地运动着。于是，就像尼采所描绘的那样：诸神退隐，上帝死亡。今天，除了天文学家，人们不再仰望天空，他们回到大地，在滚滚红尘中埋头经营自己的世俗生活，不再寻找形而上的意义，不再过问生命的何去何从。对造物的仰止之情已经被对货币的膜拜所取代。在繁杂吵闹的街市上，卑躬屈膝地捡拾一枚枚铜板，然后爬上喜马拉雅山冰清玉洁的顶峰，昂首挺胸地踩上肮脏的一脚，这就是许多成功人士和当代英雄们所干的事情。

　　诚然，充满魅惑的世界令人恐惧，但过度祛魅之后，世界变得无比荒凉，变成了一望无际的塔克拉玛干，生命的灵性也失去滋养，成为一种枯萎的存在。而狭隘的进步观念，怂恿我们以背叛过去的方式来建构未来，以毁坏自然的方式来兴盛人文，从而走入一条越来越偏狭的道路。现代化的进程大刀阔斧地删节人类生命的诗意传奇，许多极具想象力的叙事版本正像野生动物一样相继灭绝。由于不断加剧的离间，人与自然之间的亲缘关系也濒临破裂，灾难与末世预言此起彼伏，日益真切，令人惶惶不可终日，仿佛人类的故事已经接近尾声。田园将芜，胡不归。在如此严重的时刻，静下心来品味一下与阳光和水同在，与草木一起成长的经验，阅读正在被删除的生活叙事，即便不能一时扭转排山倒海的局面，也能够够给我们心灵些许的慰藉与安抚，让我们一起在晚霞中结伴踏上回家路。

孔见：学者，现为《天涯》杂志社社长，海南省作家协会主席

朝圣之路

——从澜沧到湄公

于　坚

　　如今高原上骑马的人越来越少了，昔日传说中的骑手如今纷纷改骑摩托。一匹马过去卖两万人民币，现在卖八千，相当于中档摩托，摩托进入澜沧江源头地区不过几年，高原上骑手们已经把它玩得跟骑野马似的。通过电视，骑手们很快领悟了那些西方摩托车手与他们的共同之处，他们在摩托车上安装橡皮飘带，挂上青铜制作的老鹰头像，戴起墨镜和传统的毡帽，行装在放牧牦牛的劳动中打磨得风尘仆仆，将现代时髦与原始粗犷结合得毫不做作、时髦而准确自然。令人恍然大悟，摩托本来就是为野性、强壮的体格、行动、旺盛的繁殖力、女人和自由地奔驰而设计，起源自美国西部牛仔圈或者某个波西米亚部落的世界性时髦在这里回归了它的本色，而且

比本色真实。我们经常遇见这些骑手,提起肌肉绷紧、似乎就要绷裂的大腿一踩发动机,扬起灰尘奔驰而去,转眼间,已经在山梁上腾空一越不见了。那些在电视里被观众大惊小怪的摩托障碍赛真是小巫见大巫。经常,后座上坐着女子,同样彪悍、吃得苦耐得劳,美如希腊女神,肤色比她们更深,因为离太阳最近,巨人安泰的妻子,摩托呼啸远去时,似乎后面有一大群孩子跟着跑呢。摩托车手阿金邀请我们去他的帐篷里喝酸奶,他刚花六千五百元买了一辆红色摩托车,翘首站在帐篷外面,擦得雪亮,好像已经获得了生命。藏獒漆黑如夜,站在摩托车旁边,藏獒也许视摩托车为兄弟,它吼陌生人,但不吼摩托。阿金一家分住在三个帐篷里,他父亲母亲和弟弟住一个,他哥哥家住一个,他自己家一个。有一个新帐篷还没有住人,那是给他弟弟结婚用的,四个帐篷散布在一条蜿蜒的溪流旁。不远处是尖利的山峰,像是从大地深处刺出来的短剑。高原上有些峰只有最高最尖的这一截,下半部被远古的泥石流埋掉了。天堂般的风景,只住着阿金一家。阿金的生活来源一个是靠养牦牛,一个是靠挖药草。牦牛是不卖的,家族成员之一,永不抱怨的奶妈,跟着这个家族直到老死。他们一家有两处牧场,冬天和春天的牧场在山背后,夏天和秋天牧场在这条溪水旁,溪流来自哪里,不知道;那座山是什么名字,不知道;那朵云是什么名字,不知道。教育给害的,我们经常忍不住要问些考察队的傻问题,都被回答不知道。为什么要知道呢?在者自在。日常用品是到扎多去买,骑摩托车得六七个小时,那不叫远,从前,他们骑马或者走路去。每年都要搬两次家,这是祖先传下来的规矩,牧场轮着放荒,有利于恢复生机。他父亲有三个妻子，其中一个是阿金的母亲，都是老妈妈，坐在草地上捻毛线。他们每天的生活就是放牧牦牛，挤牛奶，制作各种奶制品，用奶酪到集市换成青稞粉、面粉，这些已经足够他们过日子。他家养着一百多头牦牛。冬天的时候，在山上挖虫草，贝母、大黄……收入不菲。但是，越来越少、越来越少，挖虫草的人太多了。许多牧民发了财，就在杂多盖房子。阿金并不想搬到杂多去，"我不喜欢杂多"，阿金说。牦牛群足够他一家安居乐业了，这个世界并不需要很多钱，但他还是拼命地挖虫草，他对未来有一种担心。雪越来越少了，水越来越小了，草也在减少，与童年时代的高原相比，高原已经瘦了很多。他父亲是座高山一样的人物，岩石已经刻入他的灵魂，来自遥远的时代，他说的那种藏语已经很少人可以听懂了。他说起格萨尔王可以滔滔不绝地说个几天，但平常一言不发。阿金的哥哥在寺院里当喇嘛，帐篷里也有他的铺盖。睡觉的铺盖白天就卷起来顺着帐篷边放着，前面铺个毯子，就是简易的沙发。帐篷里的地就是土地，春实了，晚上睡觉把牛毛毡子一铺，很暖和。土和石头砌灶安在帐篷口，帐篷顶上有个口，烟可以从那里出去，烧火用的是晒干的牦牛粪。牦牛真是大恩人，穿的、垫的、吃的、烧的……全靠它。阿金给我舀了一大碗酸奶，酸得要命，洁白得要命，我从来没有吃过这么纯正的酸奶，我来的那个世界真是太甜了，什么都加了糖。阿金的妹妹卓玛与一个小伙子相好，结婚的日子就要到了，他住在另外一条溪流旁。高原，到哪里都很遥远，我以为阿金一家很孤独，没有邻居，就是有，也不是一时半会就能赶到的。可是等我喝了酸奶走出帐篷，外面已经停着七八辆摩托，一群高原汉子已经盘腿坐在外面

的草地上了,獒没有叫,所以我不知道。他们怎么知道阿金家有陌生人来访,这里没有手机、电话,天空中没有暗藏着无线网络,这是高原生活的秘密。遥远只对于生人,对于当地人来说,我们那种遥远并不存在。他们的时空与我们完全不同。这样的事情在高原上很正常,两个朋友在扎多一家小酒馆见面,吃羊肉,喝烈酒,互赠宝石。分手时说一年后的今天还在这里见面,一年后的今天,都来了。其中一个小伙子就是卓玛的未婚夫。抱着一只琴,已经弹起来,天国的音乐、流水、风、白云。牦牛也仰着耳朵。后来他们要求与越野车合影,琴手坐到方向盘前,边弹边照了一张,还不够,又戴上墨镜,再来一张。有一头牦牛是牦牛群里的美人,黑的身子,脸却是白的,有着温柔可爱的表情,大家早就公认,把它赶过来,也照上一张。另一只獒独自蹲在荒原深处,默默地看着一切,仿佛黑夜被它卷成了一团,藏在它的身体里。

在玉树

　　玉树县是青海省果洛自治州的首府,海拔三千五百米。我们到达的时候已经是晚上,看上去没有灯红酒绿的夜生活,大街上空旷无人,有的小店还亮着灯,有人在喝酒说话。旅馆是过去的招待所模式,仅仅让你睡个觉而已,房间里除了有个图像不甚稳定的电视机外,就没有更多睡觉洗漱以外的多余东西,豪华在这里没有用处,身体之外的符号在这里没有优势,有辆珠光宝气的车子算个啥呢,如果它无法在戈壁滩上奔驰，无法在陷入泥石流时一吼而起。在这里，身体太重要了，养尊处优相当于受罪，要讨生活，就得随时准备迎着毒日头，与那些行动敏捷的藏羚羊一道穿越荒原。电压不稳，房间里光线昏暗，催人睡意，才九点钟左右，大部分居民已经睡去。黎明时拉开窗子，就看见远处有一座独立的山屹立在光辉中，山顶上有一个红色寺院。拔腿就朝着它去了，有一种吸引力。世界的宗教建筑总有一种吸引力，去看看，谁在那儿。穿过古老的居民区，随时会遇见举着转经筒缓慢行走的老人，就像一只只已经得道的老山羊。自来水龙头被锁在黑漆漆的小房子里，接水的小姑娘不想站在里面，她把桶放进去接水，自己站在外面听着水声。安放着转经筒的小庙与居民房紧紧相连。普通的土墙，标语、缺口、外乡人乱贴的广告什么的，忽然消失了，墙上出现了一排像是从土里钻出来的转经筒，前面的转经者刚刚离开，还咕噜地响着，不由自主就伸出手来，跟着一把一把地转起来，转了十几个，一个巨大的转经筒出现了，已经高悬在黑暗的房间里，流溢着金光，下面，转经的人一人把着一个柄，跟着巨筒转三圈才离去，一边转，一边念念有词。一老妈妈低头离开了，我插进去，跟着转起来，握着转经筒的柄，我感到一种悬空的力量，你必须用力去推动它，但转动起来的东西是一种无形的，那绝不是一个铜皮和木头制造的圆形器物。转经筒令人着迷，许多转经的人整日转着经筒，从不疲倦，仿佛经筒已经成为他们身体的一部分。在另一个转经房里，我看到人们搬来椅子，坐在经筒下，长时间地转着，聊着天。转经房与水井、辗房、榨油坊、小卖部、厕所……一样，是人们日常生活中不可须臾或缺的东西。这里

是本地居民的客厅，谁都可以进去，具有社交的功能，人们在这里见面、聊天。而更重要的，是使人们保持着敬畏之心。神与我们同在，做什么事都要想着它。宗教生活在这里不是那种刻意做作的仪式，就是挑水吃饭一类的事情。就是孩子们放学归来，也玩耍着转转经筒，也许他的学校永远都不告诉他谁是释迦牟尼，但通过故乡的这个转经房，他冥冥地感觉到神灵的在场。所有经筒的新都已经被完全磨去，看起来就像古老的家具，公共的家具，将所有居民的家联系起来。这是一个其乐融融的街区，房子低矮、破旧，有些地方很脏，势利眼会以为这是贫民窟。其实人们幸福得很，他们的故乡深处住着神灵。穿过居民区就开始上山，上山的路经幡飘扬，山顶的寺院叫做结古寺，这是一个花教的寺院。经过粉红色的僧舍，大殿里没有人，安静得"一根针掉在地上都听得见"，似乎都在聆听某个没现身的人在布道。神像一座座金光灿烂，很新，看起来是不久前才塑的，也许更久，由于高高在上，不能碰，那种崭新里依附着的俗气犹在，没心思琢磨，出门，忽然飘来一喇嘛，在我身后把大殿锁了，原来进去是要收费的，我不经心闯了进去。下山的时候看见城，孤零零的，像是广漠中卷起的一堆狂石，周围荒凉、原始，有人打马远去，扬起一股烟。

城里人欢马叫，灰尘被风簸起来又落下，女人大笑着弯下腰。在中国内地，一般笑得比较矜持，抿口而笑。此地没有江南的那种杨柳腰，情绪的表达很直接。男子酒气冲冲，坐在街边不停地喝着。人们戴着毡帽，穿着氆氇。在这个地区谋生的人身体必须强壮，能吃肉喝酒，耐得住高海拔的地理环境，耐得住大漠孤烟、飞沙走石。

必须有点信仰，不那么过分地唯物，多少得有点英雄气质，浪漫精神。多少得会唱几支歌，跳个舞，牵匹马来，你要有本事一跃而上。云淡天高的时候，在荒野上高歌一曲，可以缓解孤独。如果天生嗓子好的话，那可就艳遇无穷了，姑娘们喜欢那些嗓子里藏着大地高山的汉子。随时得准备匹马单枪行事，结伴而行只是暂时的，到了下一个岔路口，情投意合的兄弟也许就此分道扬镳了，只是空间中的分道扬镳，不是情义上的分道扬镳。天地之间隐藏着无限生机，魅力无穷，没有历史、档案、前科，谁都可以重新开始。这边的世界太辽阔了，孤独、自由。这是伟大河流开始的地方啊，长江、黄河、澜沧江都从这里冒出来，在河流的终结处可没有这种气氛，水已经满了、流烂了、累了、浑了。这里什么都是潺潺的、汩汩的、清清的，就是走在黄沙大路上的女子，也是野性十足，没见过世面，只是痴迷着海枯石烂的爱情，眼睛亮如刚刚脱离黑暗的宝石，热情如炉中烈火，随时要喷发。一马停下，跟着那马背上的无名英雄就远走高飞了。古代有个诗人叫岑参的，本来是儒雅文人，到了这边，潜伏在内心的野性解放了，开始写"满川碎石大如斗"，相当豪气，这景象今天依然。超现实主义的地方，许多康巴人甩着长袖子在大街上游荡，长辫子缠在额头。卖电视机的商场前，站着打扮得与时髦的广州女子一模一样的姑娘。一条河穿城而过，沿河是个牛羊肉市场，扒了皮的牲口血淋淋地挂了一街。河水被屠宰牲口的血污搞得浑浊不堪，这是个大块吃肉大碗喝酒的地方。有人傲慢地牵着长得就像熊或狮子的獒穿街而过，那家伙脑袋上带着红色绒圈，表情深奥。在这个地方，从前，纯种的藏獒叫花子般地满街乱钻。现在，濒临绝种，

因此身价百万,牵着个纯种藏獒,你就是国王,行人自动让路,驻足观看,赞叹。何况那康巴汉子本就是非凡的男子,高大、挺拔、坚硬如岩石,腰间别着短刀,头上系着红色丝带,本人也许没有什么勋业,但那相貌就是大家想象中的大英雄的样子,天生英雄,绝不是贴假胸毛的家伙,偶尔说话,天真得就像刚刚从石头下流出来的水。有谣言说,有些欧洲女人偷偷入境,专门找这些康巴人借种,这是我在昌都城里听一位司机说的。一黑壮的康巴人朝我走过来,要干什么啊,你的毛衣我们这里没有卖的,把你的卖给我吧!他是站在街头卖山货的藏民之一,他们成天站在街上向过往的游客兜售刀子、石头、兽皮什么的。另一位忽然从褡裢里摸出一物,在我眼前一晃,一只皮带子吊着的白铜火镰,古代的工具,取火用的,现在都用打火机了。要价 1500 元,我还 500 元,他把长袖子伸过来,露出粗拙有力大手,要把我的手捉进去手谈,就是掰手指谈价格,我可谈不来,在我的文化中,习惯用嘴而不是手,赶紧灰溜溜地藏起自己的手。笨重如车间的大卡车出出进进,司机被烤得焦黑,已经在高原上行驶了无数昼夜,真个是风尘仆仆。马匹蹄子踏踏,不习惯柏油路面,偶尔打滑。摩托最多,毒烟呛人,载人的车是小面包,三块钱,城里的旮旯角落随便你去,没有这些车不敢走的路,汽车在这里下贱得很,就是一工具,可没有谁把它当轿子。步行的最多,很多人背着行囊,自己带着吃的,大步而来,越过荒原直抵城市,这里没有所谓城乡结合部,城区与大地直接联系,离开大街几步就进入到野外。步行者横冲直闯,见缝插针,混乱、鲜活,还没有被现代化一刀切,红绿灯形同虚设,没人敢阻止来自荒原的居民骑马进城。太阳白热,刺得人睁不开眼,最好戴上墨镜。广场上正在安装格萨尔王的铜像,我估计这是历史上第一个。他一直活在大地上,一直活在人民记忆的深处,澜沧江湄公河各民族语言的深处总是藏着英王,在柬埔寨,那是吴哥国王。在云南,那是皮罗阁或者阁罗凤。在老挝,那是澜沧王。在缅甸,那是阿奴律陀。在泰国,是勇敢而伟大的坤兰甘亨。在越南,那是传说中的英雄雒王。玉树,一个屹立着格萨尔王的地方,气象万千,蕴藏着复活。这才是真正的中国西部,中国的西部是成吉思汗,是格萨尔王,是南诏王阁罗凤或者大理王段思平。

玉树出去三十多公里,有著名的巴塘天葬台。这个天葬台是公元 1100 年由藏传佛教直贡噶举派创始人觉哇久丁桑贡大师选定的,据说这就是佛经中所描述的"地有八瓣莲花相,天有九顶宝幢相"的风水宝地。一处不高的山冈,彩色的经幡在阳光和蓝天下飘扬,白塔闪闪,没有丝毫死亡之地的凄凉景象,好像死亡正在被赞美。唯一阴森的是两块用来解剖切割尸体的圆石墩,黑乎乎的,边缘有一圈暗红色,几只模样疯狂的狗在旁边低头啃啮,身上的毛是红的,比较惨怖,我担心着它们抬起头的瞬间就成为魔鬼。但没有,它们啮了一阵,躺下来晒太阳了。山冈安静,天葬在黎明时就已经结束,某人的肉体已经被鹰鹫们叼着飞进朝霞。

玉树放着一大堆石头,占了 25 亩地,东西长 283 米,南北宽 74 米,高 3.4 米。这些石头都是藏传佛教的信徒们从大地上搬来的,许多石头上刻着经文。普通的石头,搬到这块圣地就成了嘛呢石,仿佛出家了。三百多年前,由藏传佛教高僧第一世嘉那活佛多德松却帕旺将第一块石头放在这里起,到今天据说估计已经有 25 亿块

石头放在这里。许多行者，风尘仆仆背着行囊来到这里，将一块已经揣了很多日子的石头往嘛呢堆上一扔，放心地走了。嘛呢石来自于千千万万个不同信徒之手，大小不等，可以根据每个人的意愿放置在不同的地点，我记不起世界上还有哪儿有如此巨大的石头堆，并没有垒成坛或什么形式，只是一块块放在这里。如果一人搬来一块的话，就有 25 亿人来过这地方。是的，同一个人也许来过一百次，但每一次都是一个人，这一个而不是同一个。无数匿名者共同完成的伟大业绩，从不张扬，在旅游界鲜为人知。石头堆间盖了一个庙，三百年前嘉那活佛放下的第一块石头，被供奉在庙里。那石头放在供桌上，是一块灰黑的石头，我不确定它是不是石头。它放在那里，仿佛正在打坐。没有别人，阴暗空旷的大殿里，好像有群鼠的眼睛在发光。只有我和守庙的老喇嘛，那石头多年被酥油涂抹，腻腻的，仿佛正在微微地呼吸，它肯定是个灵魂。我也往嘛呢堆上放上了我的一块。我曾经去到缅甸的仰光，仰光有个世界著名的大金塔，塔顶上镶着信徒们在数世纪中捐献的数万颗宝石，灿烂夺目。这是自我完善的小乘佛教与普度众生的大乘佛教的不同，大金塔上镶嵌着的是自我完善者献给诸神的财产，空是一种幸福。嘉那活佛的嘛呢石堆只是一大堆大地上取来的最普通的石头，任何人都可以搬一块来，扑通一扔，那就是一个善果。旅游局的资料说，嘉那嘛呢堆目前正以每年 30 万块的速度扩大，它的积累在"文革"中一度中断，嘛呢石被运往城镇做建筑材料，玉树的老房子有许多是嘛呢石建造的，石头的磨难，从大地上出来，成为信仰者的证据，又回到世界中，为人们建造栖居。现在，石头又滚滚而来，每天，从黎明到夜晚,环绕着嘉那嘛呢堆转经的人络绎不绝。转动、环绕,也许是人类各种行为中最神秘的,普通的石头,当世界环绕着它转动,它就获得了神性似的,无人再敢轻易取走了,"文革"例外。

我们沿着昂曲前往昌都。昂曲现在已经不是小溪流,而是一条河了,清澈发蓝,有时候顺着公路,有时候隐没在山间。现在地势已经没有源头地区那么平坦,类乌齐与囊谦之间是开阔低缓的山谷,公路经常开辟在峡谷的底部,峡谷中一有险峻奇特处,就会出现经幡和嘛尼堆,被崇拜起来。嘛尼堆上刻着经文,令人在大地上不敢轻举妄动,同时也是镇压着那些制造灾难的魔鬼。溪流纵横,山势平和,忽然进入了一片天堂般的谷地,旧得发黄的村庄,多年前完工后就再也没有动过,在大地上被建造起来又隐匿于大地,朴素接纳了它。古老的秋天,我少年时代在父亲单位的农场见过,热泪两行就要夺眶而出,突然间一座土红色的巨殿出现在大地上,一个楔形的坛,巍峨如希腊的某种建筑,有意大利中世纪的感觉。拔地而起,屹立于秋天灰色的光芒中。通向罗马、印度的大道上空无一人,尘土像是从未动过那样摆着。我们的汽车像贸然闯入天堂的野兽,低头停了下来,哑巴般地愣住。有几个穿着暗红色袈裟的僧人坐在大路边的石头上,一动不动。这是查杰玛大殿。在藏传佛教地区,除了布达拉宫,这是我见过的最高大雄伟的建筑了,就像红色的希腊神庙,但没有柱子,整个外墙用泥土和草一层层舂起来,墙面用石灰和矿物质颜料刷出具有象征意味的红白黑三色线条,巍峨入云,在铅灰色的天空下,周围是开阔的土地和仿佛朝它顶礼膜拜匍匐在地的乡村,崇高而神秘,我不能确定我是不是在梦里。孤独伟大的建

筑,没有旅游者,几个老人沿着大殿周围的木头柱廊慢慢地走。中世纪的下午,狗在寺院的回廊下睡觉。转经者们已经围绕着查杰玛大殿转了一生,他们都是本地居民,生命的意义就是环绕着这个圣殿旋转。对于当地人来说,查杰玛大殿就是大地上最神圣最美丽者,心灵的归宿、智慧的高峰、美学的经典、人生的依托,没有谁会想到要去与它试比高低。世上最美丽的女人、最勇敢的男子、最伟大的君主都要在大殿前面跪下来,这不是谦卑,也不仅仅是信仰,这是依托。转经人一边走一边漫不经心地扳一下安在墙上的经筒,那些经筒美轮美奂,有的箍着铜皮,有的绷着羊皮,都已经被转经者们流水般的手磨出了圣光。转经人一过,经筒就咿呀响起,那声音像是来自一排老蟾的嗓子。神态安详的穷乡僻壤,世界已经到达终点,远方并不存在,故乡、神殿、白发被秋风轻轻梳起几根,人们神一样微闭着眼睛,已经不用看了,大殿的一寸一尺,都已经烂熟在心中。

查杰玛大殿是澜沧江上游最伟大的宗教场所,藏传佛教最精华的寺院之一。我孤陋寡闻,在藏区,它声名赫赫,有个谚语说,"先去朝拜拉萨的大昭寺,再去朝拜查杰玛大殿"。查杰玛大殿建于1273年,是达拢噶举派的主寺。现在这个大殿是"文革"之后重建的,但规模和气势与过去一样,黄钟毁弃了,灵魂、信仰和手艺没有失传,上世纪八十年代重建起来,看上去已经历尽沧桑。重建者的智慧不在于建造新,而是要复原旧,这是神的建筑,神是最旧的,比大地还旧。传说大殿里珍藏着许多稀世宝物,格萨尔用过的马鞍和战刀、八瓣莲花的金刚像……都在里面,用三把锁锁在某处,钥匙由三个喇嘛掌管。三人同时在场,才可以开光。对于不速之客,三个喇嘛同时在场是奇迹或者命令,总是,一喇嘛收自家的麦子去了,另一喇嘛去了拉萨。两个在,第三个必然不在,这是一个诗意的借口。为什么要亲眼目睹呢,听听传说就够了。高原上谁也没有见过伟大的格萨尔王,他被人民保管在语言深处。我迈进查杰玛大殿的,门槛很高,一棵很躺着的老树,殿门高大厚重,料子来自古代森林,只有最古老的树木有这样大的方。殿门半开着,里面透出阴森,寒气微微逼来,洞穴般深邃,光线阴阳交错,空中垂着各色经幡,一抬眼望见巨大的佛像一座座微闭眼睛,高踞在黑暗的天空中,若隐若现。神像坐在四周,大殿中间是个小天井,昏暗的日光从天宇垂下,阴郁秋日的下午,大殿里好像空无一人,我蹑手蹑脚地走着,生怕惊动诸神,一齐睁眼看我。忽然看见两排喇嘛们正坐在正殿前面的蒲团上闭目沉思,仿佛坐在高山脚下,他们刚刚念毕一段经文。这场合太遥远太古老了,完全在我的经验之外,新人初来乍到,无法适应,心中害怕,头重脚轻,觉得自己像粒灰尘似的飘着。所谓进入另一个世界,那得从世界观、灵魂的重塑开始,岂止是物是人非。大殿靠墙的地方经书堆积如山,从来没有见过堆到这么高的书。一个喇嘛提着一桶水从外面轻轻进来,绕过我,推开一门,抬腿进去了。对我这个穿着如此奇怪,还拿着照相机,射击般地瞄来瞄去的怪物,他无动于衷,好像我本来就是殿中的一物。

神奇的昌都

澜沧江正源扎曲汇合众多细源,逐渐成河,一路向南。与此同

时，另一个源头也在扎曲的西部逐渐聚集起来，形成了昂曲，也向着南方袭来。昂曲和扎曲在昌都境内终于会师，成为滚滚洪流一股，叫作澜沧江的大河就此开始。藏语"昌都"的意思是两河汇合之处。这一带开始进入横断山脉，群山逐渐涌起，峡谷逐渐往深处切下，有些地方从谷底到山顶高差两千多米，险象环生，地质结构不稳定，是泥石流、滑坡多发地区，土壤是红色的，因此影响了水色，清澈蔚蓝的澜沧江开始变浑，翻着土红色的波浪，难得见底了。

昌都是西藏东部的重镇，前往昌都主要是通过川藏公路，从西端的拉萨或东端的成都乘客车，要走五天左右。也可以沿着澜沧江从上游或者下游的滇藏公路抵达这里，那是最危险的道路，比较快的路线是从成都乘坐飞机。从成都起飞，一小时二十分钟到了邦达机场上空，孤独的机场，简陋地修在几个荒凉的山头之间，一条跑道，几排房子。隔着机舱的窗子，看见头上扎着红带子的康巴人正在把机舱内的行旅往外搬。要降落在这个机场是非常不容易的事情，经常是飞到这里，无法降落，又飞回去了。航班并不多，成都飞邦达机场的航班每周只在一、三、五飞行。飞机在灰色的云层里犹豫了一阵，终于鼓起勇气跳了下去。顷刻，机舱门打开处，我们已经来到这个世界的尽头。这是世界上最高的机场，海拔 4 334 米。距离昌都还有 130 公里，开车得两小时，也许是世界机场距离城市最远的了。一个半小时前，世界还珠光宝气，红男绿女，香水缤纷，玻璃门转成一片。电梯不停地输送着此起彼伏、弱不禁风的奢侈、时尚，火锅里熬着已经散失了天然的美味佳肴。现在，你面前站着的都是高原上的人们，天真、坚强，持有另一种世界观，相信神灵，轻视物质,吃喝不是为了品位,而是身强力壮之必须。脸膛黑里透红,与太阳、风沙、冰雪和牦牛整日厮磨的结果。化妆品在这些岩石般的皮肤上太可笑了,粗糙但耐看,手掌厚实、脚板稳沉,善于劳动远足,许多人显然刚刚从长途卡车或者马匹上下来,空气里弥漫着男子汗液和酥油的气味,说着流利的藏语或者笨拙的普通话。落后于时代的机场,看起来更像是县城里的长途汽车站。下了点雨,非常冷,嘴唇发紫,刚刚落地的汉族人担心着自己的心脏。忽然阳光又出现了,如一只金色大鹏,翅膀一晃,展开了万里蓝天。公路在荒凉的群山之间展开,看不见人和建筑,蔚蓝色溪流夹在山谷底,秃鹫背负天空,慢慢地走着。

昌都是昌都地区行署、昌都县府所在地,城里大都是新的水泥房子和街道,沿着澜沧江两岸分布,城里也许只有强巴林寺的大佛是旧的了。过去昌都有三多:“寺院多、僧侣多、活佛多”,地委的赵副书记说,他热爱这个地方。北方人,来了就永远不想走了。他很担忧,他的政见与众不同,“保护也是发展”,他的意思是要保护那些古老的事物。饭馆大多是四川盆地来的汉人开的,经常听到餐馆里歌声起伏,人们喜欢在吃饭的时候唱歌,独唱、合唱。这是过去时代的传统,人们干什么都要唱歌,歌子是劳动和生活的节奏,沿着河流,你经常可以看见两岸村庄盖新房的人们边唱歌边舂屋顶。歌唱不只是嗓子出众者的个人表演,更不是歌舞团的专利,唱歌与说话一样日常,不存在专业与非专业,不唱歌你就是哑巴。人们总是在歌声中收割、播种、节日、婚嫁、交往,大地上到处是歌声。昌都城是本地最先现代化的地方,行政中心,水泥钢筋不断扩大,离大地越来

越远,人们继续了唱歌的传统,成为喝酒吃饭时最后的保留项目。往往是饭吃到一半,酒酣耳热,一人起立或者全体起立,就唱起来。不唱不行,要是来了客人,那就更要唱一唱了。歌舞团的姑娘们发现了增加收入的好机会,组成专门唱歌的小队,为食客凑个热闹,挣点零花钱。她们会唱的歌就多了,不只是地方上的,革命歌曲、流行歌曲、俄罗斯歌曲都能唱,而且首首唱得情真意切,感觉不到是要收费的,这是因为天生一路唱下来。姑娘们会唱许多仓央嘉措的情歌,我过去以为这个圣者的歌已经失传,只是民间文学调查队艰难寻找到的少数印在书上的几首,其实在民间一直在暗暗地唱着,他的歌一直活在高原深处,也许这些歌子的原作者是否仓央嘉措并不一定,但姑娘们说那是仓央嘉措,那就是仓央嘉措。在她们看来,仓央嘉措并不是一个作者,谁是作者并不重要,仓央嘉措,那就是爱情、真、善和美丽本身,每个人都可以加入到这个作者里,只是一定要确定源头或者版权归属的知识分子们不知道罢了。也有无数的歌曲被创造出来,好听就传开了,都不知道作者是谁,没有人关心这个,一首歌在高原上像风那样传开,是这首歌的光荣。席间,有人告诉我,唱歌姑娘们唱了一首住在拉萨的民间诗人美兰多吉的歌:"我的母亲是美人中的美人,就像那慈祥的白度母。"美兰多吉是谁,酒意朦胧,我已经搞不清楚了,但这歌声令我刻骨铭心,二十世纪以来高原下面甚嚣尘上的现代派文化,有哪首诗歌或者作品,如此歌颂过母亲?我想起母亲过七十岁生日时,想给她置一身新衣,走遍昆明大街,竟然买不到一件为母亲之美设计的衣服,裁缝们消失了,中国世界的服装设计师如今只为模特儿和青春服务。昌都的母亲和少女都很美丽，穿的是古代传下来的藏式衣裙，没有年龄，只是青春和庄重在色彩上略有不同。夜里比较冷，要穿外套。一阵风卷过去，把柳树吹得很疯狂地晃起了脑袋，我从来没有觉得它们是有脑袋的。

在距离昌都十二公里的澜沧江岸，有一块赭红色的台地。上面建了一个水泥厂。1977年，水泥厂的工人在施工过程中发现了石器、陶片。考古队后来发现，这些器物具有新石器时代的全部特征。卡若遗址还发现了用"勒瓦娄哇"技术（Levallois Technique）制作的器皿，与中亚、南亚或者欧洲、近东地区旧石器文化有某种神秘的联系，考古学界将这一发现命名为"卡若文化"。"若"，有碉堡、围在一起的意思。澜沧江在山谷底哑哑地流着，高处的山崖上残留着两堵墙，翻译说那是古代的城堡。水泥厂后来废弃了，遗址还留着。高塔、车间、炉子，糊着过期的水泥灰，有一种旧工业的美。废弃的东西总是美的，落后的事物、古老的事物总是美的。大楼上的窗子给拆了，像是幽灵们被挖去了眼球的眼眶，人去楼空的工业废墟总是有点奥斯威辛的味道。许多生锈的自来水龙头、阀门、开关遗留在墙上。翻译说，将来要利用这些建筑搞个博物馆，很后现代的想法。工厂后面有一个用围墙围起来的空地，长满荒草，铁门上了锁，这就是卡若遗址。一位老人看守着这片空地，钥匙找不到了，找来个石头，像遗址上最初的居民那样，把锁砸开。从上游澜沧江到下游湄公河，我多次遇到被锁住的古迹，钥匙找不到了，也许人们不认为古迹与锁有什么关系，博物馆教他们使用了锁，但锁起来，钥匙和锁同时也被遗忘了。我记得在缅甸的莆甘，我们想看一个十二世纪的塔

里面的佛像，一把生锈的锁挡着。这样的文物在别的地方，肯定是修建得监狱般坚固，还有重兵把守，还安装着红外线报警器。那天我们运气好，在一棵菩提树下找到了管钥匙的男子，他正在呼呼大睡呢。七十年代的遗址和五千年前的遗址，都是人类活动的遗址，给我的感觉并没有时间上的差距，这座荒凉的水泥厂，就像是原始人的水泥厂，只是生产的不是带有花纹的美丽陶片而是丑陋的灰。卡若遗址、水泥厂遗址、而澜沧江是历史更悠久的遗址，这是一个中国盒子般复杂的隐喻。我在旧水泥车间里走了走，有股气味，某种东西曾经在无人的时刻停留，然后离开。

扎曲、昂曲和澜沧江这三股水都是土红色的，红色是这个地区大地的主色。人也受到土地的影响，僧袍是深红的，人们的皮肤被阳光烤成古铜色，妇女们喜欢穿深浅不同的红色服饰。昂曲和扎曲的汇合处在一处红色高崖底下，那高崖一看就是风水宝地，犹如后面的群山飞出的一只巨鹫，高崖就是鹰头，神鹰头闭目吐出两股水来，在它嘴下合为一路奔腾而去，澜沧江就此开始。写这段时，我以为鹰鹫是我自己创造的形容，后来一看历史，宗喀巴早就说强巴林寺所在是"两水间雄鹰落地式的岩岛"，也许我是在旅途中听某位僧侣告诉我的，也许是梦里面宗喀巴告诉我的。宗教独具慧眼，总是为它的寺院选择奇山胜水，就在这高崖上，建造了藏传佛教的强巴林寺。1373年，宗喀巴大师途经昌都，环顾大地后预言，将来在此地定能兴寺弘佛。1437年，宗喀巴的弟子喜饶桑布在这高台上建了寺庙，寺内主佛为强巴佛。强巴寺在昌都地区藏传佛教格鲁派寺院里是规模最大的，按格鲁教派规定，可拥有二千五百名僧人，寺院里有二十二口专门装水的大铜锅，每口锅得装一百多桶水。

有强巴林寺在，昌都就不会是一个无聊乏味的地方。人们有去处，有牵挂，有信任，也有玩场。强巴林寺是昌都的精神和文化中心，不仅宗教活动在这里举行，这里也是昌都人的娱乐和社交中心，情人们也喜欢在这里约会，一道祈求神灵的保佑。每天，从黎明开始，强巴林寺的白墙外面，就环绕着转经的人们。转经的路线从昂曲这边开始，转向杂曲，然后转向澜沧江，圆心是强巴林寺，周而复始。许多人一天不去那里走一趟，心里就不踏实。许多地方他们一辈子只去过一次，而强巴大寺陪伴了他们一生。强巴林寺绕着走一圈得半个小时左右。任何人都可以加入，上路，跟着走，就进入了古代的道路，进入了中世纪的某日，好像是走在通往罗马的大道上。这时代所有的道路都改变了，而转经的道路依然是古代的道路，汽车决不会加入这条道路，它的速度不是通向诸神的。偶尔有一辆给寺院送物资的大卡车闯进来，像悔过的大象似的低头缓缓跟着走。转经的人终日不绝，人们一个跟着一个，一群跟着一群，大家都慢慢地走，走一步是一步，每一步都是在走向结局的样子。有的人赤着脚，有些人衣衫褴褛，气氛有点悲壮，看上去像是跟着部落领袖背井离乡的迁移运动，其实这是吉祥幸福的归家之路，内心喜悦，信任，安全，已经被接纳。没有终点，神不是终点，信仰环绕的是一个圆。路边的石头炉子里燃烧着柏枝，青烟袅袅，这种植物在藏区像香一样被用来表达对神的敬意。转到某一段，有个很小的千手观音殿，世界最美丽的小殿，里面的墙壁上画着观音，美丽动人。前面供着油灯，两边是已经发黑的转经筒。转经筒的基本模式是一样的，大

的要七八人方可转动，小的如一只鸟牵在手中，但没有一个相同。转经筒千转万转，日复一日的手灸心印之后，像是已经受孕于转经者，被托生了似的，千差万别，美轮美奂。强巴寺色彩鲜明，殿宇巍峨，穿红色袈裟的僧侣们沿着白墙走过的时候，就像来自天空。一个侧门开着，里面是辩经场，场子是铺着鹅卵石的空地，一群穿着深红色袍子的喇嘛席地而坐。秋天的前端已经到达高原，场子上散落着金色的树叶，不知道来自何树。护法神殿里挂着无数的长刀、匕首、猎枪……全是来自放下屠刀，缴械皈依佛祖的信徒们。许多武器已经挂了多年，不只是生锈，已经快风化了。

嘎玛寺是藏传佛教噶举派的祖寺，距昌都 113 公里。沿着扎曲向北，一百多公里的毛路，只可以走小车、摩托或者骑马，马匹和汽车的速度差不多，得走一天。司机还得胆子大，一般的司机是进不去的。路线毒蛇般地搭在悬崖边上，当仁不让的家伙没法在这里通行，随时要考虑着如何在一公里外就给对面来车让路，有的弯连九十度都不到，车头过了，屁股悬在半空，猛踩着油门挣扎过去。给我们开车的是康巴人扎桑和土金尼玛，两个朴素天真的青年，与他们相处只会友情日深。这是旧世界留下的天堂之一，得以幸存，全因为家伙们还来不及修柏油路。山区，河水清蓝，离它的源头还不太远，刚刚走入世界的样子，森林和积雪的山峰退到一边，给河流让路。扎桑们在宽阔的柏油马路上害怕开车，在交通信号密集的城市里害怕开车，越原始的道路他们开得越好，完全凭感觉，车子给他们开得跟猎狗似的。汽车在日通附近越过一个水泥大桥，到了扎曲的西岸，进入土路，景色愈发原始，一路上地形变化很大，时而高山巨峡,时而森林草甸。海拔4 500米的碧拉山腰生长着一片柏树,老得就像恐龙,彼此搀扶,郁郁苍苍,穿过的时候担心着它们会倒下来。据说是唐代的,树龄已有1 200年。越向上游走风景越好,河流两岸变成了开阔的平地,麦子已经黄了,牦牛低头吃着草。藏式的土掌房坐落在山坡上,一般是两层,没有受到内地马赛克建筑的影响,墙壁大都是就地采泥巴舂的,颜色与大地一致,从世界中出来,成为人的栖居,又隐匿在大地上,被大地保管着。也掺入了些无害本质的现代因素,现代建筑材料被引进一部分,许多人家把窗子改成了铝合金材料。藏族民居的窗子都很大,几乎是半面墙,铝合金窗子开关起来很方便。窗子直接朝着田野,没有围墙。出现了巨大的石头山,有一座就像一个白色的大萝卜,超现实的景象,做梦也想不到大地还有这样的场面。扎桑流畅地开着车,经常停车与路上的人寒暄两句,人们住在辽阔而且交通不便的区域,但人们彼此的联系却相当密切,扎西带着不少东西,给这个村的大妈捎去一袋面粉,给等在那个路口的哥们丢下两瓶白酒。就是素昧平生的人,你要去他家吃顿饭,借个宿,那也是随时敞开着大门的。扎西没有手机,他将要到的消息是如何传递到大地上的,这是一个古老的秘密。土金尼玛有一个小灵通手机,他用过几次,每次都是打给他的妻子,也许那是他手机上的唯一号码。沿着扎曲行使了大约五个小时,汽车转进谷地深处,又进入一个小坝子,嘎玛乡的乡政府就在这,立即出现了这一路上唯一的水泥盒子,白色的,两层楼,高踞在几栋灰暗的藏居之间。一扇大铁门被拉开了,车子进入了水泥场院,一狗追进来咬,被轰了出去。几个孩子闻声赶来,站在门口张

望。这个乡政府辖地 688 401.8 亩,牲口 20 079 头,草场 391 226.5 亩,森林 259 166.4 亩,耕地 7 384 亩,467 户 3 023 人,12 个村委会,有 43 个自然村,平均海拔 4 200 米。有一个汉子喝醉了酒,沿着乡村大道骂骂咧咧地走过来,忽然躺在地上,仰面朝天地睡去。一辆土渣渣的摩托车驶过村庄,忽然看到醉汉,歪了一下,绕过他,继续飞驰。一群马长发飘飘地奔来,马背上都安着彩色的毯子。骑手们下了马,把马匹拴在乡政府大门对面的树上。这是一群彪悍的人,不说话,留着长发,梳成了辫子,盘在额头。乡政府落脚的地方只有五六家人,每家之间都有大片的空地,乌鸦们低头点击着,似乎为一把无形的锤子所控制。我们得在这里睡一夜。晚餐是罐头、土豆、鸡蛋、麦饼和酥油茶,我们是乡政府的客人,这已经是很丰盛的了。乡政府住着几个干部,自己的家都在大地上,这里只是随便住住,住得很马虎。干部给我们弄了吃的,大家就坐着看电视,等着睡觉,偶尔说两句藏语,我一直没搞清楚谁是乡长。乡政府一关灯,嘎玛乡就进入古老的黑夜,唯一的灯在天空中,随后被乌云挡去,大地上伸手不见五指,不需要用窗帘。

嘎玛乡后面,大地忽然高上去一大截,如果从那边来,扎曲就是在峡谷下面,地缝里,但在嘎玛乡,世界却是开阔平坦,河流走向远方,白云低垂。我们的汽车沿着高峡攀登,道路刚刚修起来,峡谷里有瀑布,乡政府正在利用它的水力修一个小水电站,运输水泥,就铺设了便道,汽车也勉强通行了。峡谷垂直上去 200 米,又是一个大平台,高山草甸,无际无边。一个草甸接着一个草甸,巨大的地区,地图上看不见,空着。嘎玛寺到了,背靠一个山包,对面是绿色的大草甸，溪流汩汩，一位穿着暗红色袍子的老尼姑正跪在水边，用一个漏斗不停地舀水，远处是石头垒成的小屋和灰色的天空。几片经幡在植物和天空之间中飘着。这场景就像一幅十六世纪的西方宗教绘画。另一边，几个穿红色袈裟的喇嘛正坐在原木上晒太阳，这神话般的世界里矗着一幢灰蒙蒙的泥土垒成的大殿，单檐歇山，没有金碧辉煌，隐匿得几乎看不出来。一部分正在维修，曾经遭遇了一场大火。现在主持寺院的活佛没在寺院里。

噶玛寺是由噶举派高僧都松钦巴于38岁（公元1147年）创建的，名为噶玛丹萨寺，都松的意思是三世，据说都松钦巴能知过去、现世、未来三世之事，噶玛噶举派因这个寺院而得名。因该教派创始人玛尔巴和米拉日巴在修法时都穿白色僧裙，故噶举派又称白教。噶玛噶举是噶举派的黑帽系，西藏史书《贤者喜宴》说，都松钦巴剃度时智慧空行母和上乐诸神给他戴上由空行者头发制成的黑帽，从此都松钦巴就戴黑帽。后来，噶玛噶举派开始在教派内实行活佛转世制度，黑帽成为转世仪轨中的重要证物，被认定的转世活佛要戴上黑帽。这种传统也被其他教派效仿，"活佛转世"体系因此在西藏地区流行开来。都松钦巴是噶玛噶举派的创建人，在西藏佛教史上占有重要地位，对日后的噶玛噶举派有着深远的影响，被追认为噶玛噶举黑帽系一世活佛。

这是圣者创造的寺院。远离普遍追求破旧立新的世界，可以肯定许多地方还留有都松钦巴留下的痕迹，也许他的手迹还留在某处原封未动。当时我懵懂不知，没有知识，冒昧来访，但也不敢轻举妄动，这寺院有一种古老的力量，令我顿生敬畏之心。主寺内的光来

自屋顶阁楼的窗子,投到下面的时候创造了一个深渊,喇嘛们在大殿里打坐念经的时候,被照亮的是顶。壁画、佛像靠墙隐没在黑暗中,点起酥油灯也只依稀可见。大殿由几十根木头圆柱支撑着,正在维修。左边是祖师殿,里面塑着噶举派的几位始祖的塑像,完好如初。楼上是僧舍,僧侣们正在咿咿呀呀地念经,大都是年轻人,生猛、天真,像是战士,没有人会说汉语。一个胖喇嘛带我去看护法神殿,一个小殿,经幡缠绕,香烟迷茫,挂着许多刀具、兽皮,铺着毛毡,几个喇嘛正坐着喝茶,抬头笑着看我,伸手来摸我的头,就像闯入了中世纪的一幅壁画,唯唯而退,我完全是在一场梦游之中。庙里还有许多阴暗的房间和楼梯,没在暗处,还有没有露面者在着。资料上说这个寺院藏着许多珍宝,明朝使臣当年来噶玛寺时赠送的万岁牌旌旗缎带、丝绸刺绣品、近百幅传世唐卡、佛像、陶器、高僧遗物、贝叶经、瓷器等。还有一棵柳树,是噶举派第二世祖师噶玛拔希从内地带来的,依然活着,根深叶茂。

噶玛寺附近的一个村庄里住着唐卡大师。这村庄只四五户人家,远远看去,就像是大地上的一堆土疙瘩,色彩朴素,其貌不扬。看不出来与五彩斑斓的唐卡有什么关系,唐卡在外面世界上,可是东方美术史上辉煌的一页,我想象中的唐卡大师是伦勃朗那样的人物。大师出现了,一位白胡子老农,站在院落里,正在指挥小孙女喂鸡呢。带我们去看他的画,到了一个大房间,一看就知道是这家堆放农产品的地方,胡乱摞着几匹画布,地上散落着颜料筒、画棒、土豆、青稞粉什么的。有些已经勾勒好线条,靠在土豆堆上等着上色。大爷领着儿子以及同村的几个小伙子一起画,说是要共同富裕。作品供不应求，要提前半年预订，价格数千到上万的都有。只有一幅留着不卖，是二十年前画的，那时候唐卡没有现在这么值钱。大师已经画了六十年，他说起画画的事来滔滔不绝，他不是说他的绘画理论，而是说如何画，我们已经成了他的徒弟，只差立即动手了。画唐卡最重要的是勾线，这个不能有错，哪一个像就是哪一个像，都是有样式的，这个两个月就可以学会。佛的基本造像是一样的，但在每个画师的手上，色调、细节、工夫、灵气就不同了。图式是不能标新立异的，但可以在细节上发挥。都是同一个图样，看上去千差万别，就像千眼千手观音的无数只手和眼，都起源自一个身，这是一个深刻的隐喻。我们告别了大师，汽车来到野地里，原野上只有黑压压的植物和还在天边依稀亮着的雪山，道路消失了，连扎桑们也嗅不出它在哪里，磨蹭间陷到泥巴里，轮子打滑，走不动了，大家都下车去推，不动。正在无奈，突然，黑暗的土地中钻出来几个藏族人，不出声地帮起来，用手扒开稀泥，往车轮下垫石头，一起推，汽车开出了泥坑，指给道路，又在土地上消失了，有一个声音是女性的，看不出是谁。

左贡在澜沧江与怒江之间，只有一条街道，但是很现代化，两边铺面都是金属的灰色卷帘门，铺子关门的时候，街道就很荒凉。水泥玻璃钢筋塑料以及长盒子式现代建筑模式一应俱全，没有丝毫想象力，给人的感觉是，有住的就不错了，还要怎么着。其中一个卷帘门的楼上有一家小歌舞厅，几个身份暧昧的姑娘坐在里面烤火。唯一的文化场所，可以唱卡拉 OK。有些气味浓烈的年轻人在里面的一个小型卡拉 OK 厅里漫不经心地唱流行歌曲，唱得很不流利，听

得出来，他们小时候唱的不是这些歌。才九月，天气已经转冷，夜晚来临，外面已经刮北风了。一姑娘忽然拿起话筒摇晃着满头的卷发唱起来，看来她年纪不小，唱的是崔健的《假行僧》，这是八十年代的老歌。我这一路已经走了近两年，顺着澜沧江——湄公河从南到北，从北到南，已经走了几千公里，许多地方就像在刀锋上走，没有余地，只要一步不小心，那就玩完，我可不是假行僧。澜沧江上游从来没有人提到过崔健这个人，湄公河就更不知道他了，这是我这一路唯一一次听到崔健。我认识这哥们，1992年，在北京，我们一起喝过酒，我喜欢他的歌。

左贡出去，向南翻越海拔5 080米的东达山垭口，河流就进入了澜沧江大峡谷。造物主的巨斧劈开大地，这是斧头砍得最重的地区，红色的伤口切得相当深。这里就是澜沧江大峡谷，是横断最激烈的地方，河流两岸滚落着巨石，而且还在滚，总是千钧一发，场面犹如一个巨大的矿山，到处是将要碎裂的山体，有许多地方在开裂，裂缝里可以看见澜沧江的鳞。地理学上这一带被称为北澜沧江断裂带，它西起青海省杂多，向南延经囊谦、妥坝、芒康直到于云南省德钦以西附近。这个断裂带属于深断裂，在云南境内最强烈，造成了很大的高差，澜沧江在德钦县境内流程150公里，这一段江面海拔2 006米，直线往上到海拔6 740米的当地最高的卡格博峰，相对高差4 734米。从江面到顶峰的坡面距离为14公里，每公里平均上升337米。道路不能再沿着河谷修建了，而是修在山腰上。2006年的时候，这些道路依然是土石路，坑坑洼洼，非常危险，永不停止的泥石流、塌方使得在这里修建永久性的公路简直是幻想，人们对与大地搏斗已经厌倦了，道路刚刚修好、理顺、达标，不久就被塌方或泥石流重新搞得乱七八糟、凸凹不平，大地像一个顽皮而又残忍的捣蛋鬼，让筑路部门永不安宁。有个退休的养路工对我说，他养了一辈子的路，从来没有哪一天他负责的路段是平安无事的。永不完工的大工地，垮了又修。在澜沧江大峡谷这一带，大地就像河流一样永远在运动改变着，爆发着，使人类人定胜天的豪言壮语荒唐可笑。灰尘滚滚，碎石砾砾，下一个坡就是数十公里，汽车滚石般地沿着既定路线，随时处于失控的恐惧中，司机提心吊胆，抓着方向盘像是抓着悬崖绝壁上的藤子，就像困在弹子游戏机里，只要稍微出格，就完蛋。有些地方，打开车门你无法下车，车子的外厢板直接与绝壁连成一体。

抵达芒康

越向南走，世界越热闹，养路的人多起来了，人间烟火也逐渐稠密。滚滚黄灰中会忽然冒出一队骑自行车的西方旅游者，衣冠鲜艳，红黄蓝绿，镀铬材料、尼龙布闪着现代工业的光，在原产地俗不可耐，在此地看上去就像刚刚从宇宙飞船走下来。行头都是西方户外运动用品公司生产的名牌，但在这里完全失效，没有人知道这些名牌，土著们流行的名牌是解放牌胶鞋，耐用而且便宜。他们与灰头土脸的当地人格格不入，营养过剩、精力充沛、无忧无虑、神气活现，正沿着一条很时髦的旅游路线度假呢。从昆明骑自行车向西

北，经过大理、德钦沿着澜沧江进入西藏，直到尼泊尔的加德满都，大约一个月，在那里把自行车卖掉，然后乘飞机回到欧洲。当地土著停下来，默默地望着这些从天而降的西方人，不知道他们这么干是为了什么，也许觉得如此冒着烈日在高原上瞎逛很无聊，吃饱了撑的，劳动者们也只是一笑了之，递上一瓢本地山中流出的泉水，请他们解渴。灰尘散开处，也可以遇见走一步磕一个头的香客，他们是前往拉萨朝圣的。这些香客的出现使滇藏公路神圣起来，香客们有的已经在路上走了一年半载，局外人以为这是受罪，其实那是一种漫游，与塞万提斯在《堂吉诃德》那本书里描写的差不多。有时候看见他们在落日中停下，在泉水边搭起帐篷，点燃篝火，黑暗里他们在唱歌。在澜沧江—湄公河流域，西方人在下游地区比上游地区要自在得多，在下游，他们暗藏着重返前殖民地的优越感，那里有普遍的咖啡和刀叉，一些日常生活的风俗已经深受西方影响。但在澜沧江上游地区，当地人无论如何亲切友善，骨子里总是将他们视为外人。天主教就从十九世纪一直在努力打进澜沧江上游地区，一百多年下来，势力只到达西藏的边沿，建立了若干个孤伶伶的教堂而已。芒康天主教堂相当有名，这是西藏境内唯一的一个教堂，如果从上游往下数的话，它是第一个，距离我前面说过的那个澜沧江源头的花教寺庙，还有几百公里。芒康天主教堂建立于1865年，从1865年到1949年先后有17位来自西方的本堂神甫在这里布道。神甫们与佛教势力进行了悲壮的较量，多次被赶走，又回来。如今这个教堂附近的百分之八十的居民近六百人信奉天主教，每个人都有教名，如马达丽娜、加比额尔、德里翠、圣保罗、约翰什么的，但并不在日常生活中使用，如果叫一个人的教名，那就有闹着玩的意思。现在的神父是藏人，每周礼拜，念的是译成藏语的《圣经》。佛教对天主教已经容忍，有些家庭，佛教徒和天主教徒共处一室。当我们千山万水地来到，却发现老教堂已经不在了，原址上屹立着崭新的建筑物。多年前，我曾经到过澜沧江边的另一个教堂——茨中教堂，夜里聊天，听教堂主管老吴谈起上游的芒康教堂，说起那里的嬷嬷如何滑着雪橇在冬天到来，说起在欧洲已经失传的布道方式，说起法国牧师传下来的古法酿制的葡萄酒，就像说起中世纪，令我想入非非。中世纪并不遥远，沿着河流上溯三天的路就到了。新教堂扩大了规模，马赛克、玻璃、水泥钟楼，很呆板，受到此时代好大喜功风气的影响，我怀疑这不是教会人士的主意。教堂里贴着一个清单，说明新教堂是各地的教会捐资修建的，用了两百多万人民币。十九世纪的遗物只剩下几棵树干发黑的老梨树，我发现当年神甫们似乎受到中国文化的影响，也许是本地工匠们自作主张，为教堂选择了风水宝地，站在教堂的钟楼可以看见宽阔的澜沧江峡谷，气象万千，而它安全地靠山而建，像孩子依偎在母亲怀中。

芒康又以盐井出名，这一带澜沧江岸的岩石下藏着盐，人们在遥远的时代就发现了，沿江岸打了几口盐井，几百年来一直在出卤水，江水落下去的时候卤水就升起来。西岸出的是红盐，供牲口食用，东岸产的是白盐，人吃。居民沿岸搭建了一排排晒盐的木头架子，凝结着许多钟乳石般的盐柱，不是采盐的季节，棚子里没有人。江水在峡谷中咆哮着，如血盆大口喷出的血液。芒康也多温泉，前往温泉的道路很原始，崎岖坎坷，是供托运盐巴的马帮走的，现在，

小车也可以摸索着进入，在道路末端，居然出现了马赛克瓷砖砌的游泳池和宾馆，已经被开发成旅游休闲的场所，这是我在澜沧江上游所见的第一个休闲地。过去，温泉自然地沿江散布，江水涨起来就消失，落下的时候就出现，任何人以及野兽都可以钻进去泡泡，洗洗，就像从河流中打一桶水来饮那样。如今被度假区的围墙隔离起来，收费，主要供各式各样的会议使用。

大峡谷逐渐开阔，山势越来越雄伟陡峭，可以感觉到大地的形势正在发生阶段性的变化。澜沧江已经流到了高原的坡面，在深切的裂缝里冲突着，似乎在平稳的高原上养成了惯性，惨重的下跌令它晕头转向，不知所措。时而逆流形成不动之态，犹豫着是继续走呢还是回去，但已经来不及了，短暂的平静被河流暗藏在底部的力量推着，表面看上去是逆流。其实大趋势依然在滚滚向前，忽然崩溃，垮掉，爆发万马逃亡之势，河流起义似的响起来，震撼河谷，令听见的人胆战心惊，感觉自己脚下的实地也在粉末般溶解，后退两步，风景再壮丽也无心欣赏了，开着车赶紧逃吧。江水落下的季节，才看见河谷里散布着那样巨大的石头，一坨就有一间房子那么大。犹如一颗颗黑暗的光头，只有这样的脑袋才能想象出这样的河流，这河流令我害怕，走在它旁边，就像走在狮子的身旁。

早上从芒康开车出发，将近下午的时候，梅里雪山出现了，澜沧江鞋带般地消失在它脚下，世界像大幕那样退去，一座雄伟的山峰组成的大雄宝殿在大地和天空之间升起，诸神的头上戴着巍峨雪冠，比天空还高，好像刚刚获得谁的加冕。这是伟大的山峰，整个澜沧江—湄公河流域最伟大的山峰。冰川从山顶淌下，犹如诸神的披肩,那是明永恰、斯农、纽巴和浓松四大冰川,它们是世界稀有的低纬度、低温(零下5度)、低海拔(2 700米)现代冰川。这个世界上,令人意识到伟大的山峰并非一处,但许多伟大者藏在人迹难至之处,普通人只能知晓少数探险英雄转述的传奇故事,比如珠穆朗玛。梅里雪山不同,它与世界的距离很近,站在一条公路上,你就能朝拜它。再坐上一两个小时的汽车,渡过澜沧江,你就到了它的脚下。有些轻狂的唯物主义者因此估计它比较容易征服,可直到今天,那些征服狂的登山靴已经多次踏上地球上的各座高峰,只有梅里雪山,自1902年英国的一支登山队开始征服,直到今天,没有任何一支登山队能够成功。最近的登山活动是一支日本登山队在1991年进行的,结局非常悲惨,遭遇大规模雪崩,队员全部遇难。伟大者平易近人,这并不意味着你可以对它轻狂。

自从在澜沧江源头的下跪后,我再次在大地上跪下,朝着卡瓦格博三叩。你不必去阅读经文,或皈依寺院,你不必作为藏传佛教的信徒才下跪。我像一个原始人,一个第一次看见卡瓦格博的最初之人那样下跪,我再次感觉到促使第一个下跪者下跪的那种伟大的召唤。宗教是这之后才开始的,宗教其实是从大地得到的觉悟,道法自然,没有大地的启示,人无论怎么苦思冥想,也虚构不出宗教世界来。卡瓦格博令人感受到那种我们后来称之为崇高、敬畏、尊重、崇拜、信仰的东西,它自身先验地保管着这些东西,就是宗教重新灰飞烟灭,这些东西也不会消失。我跪下去的时候是一个下午,山峰之间乱云飞渡,云烟在峰群之间悲剧般聚散着,峰顶时而在阳光下一亮,随即又隐匿了。雪峰偶尔露出时,像是诸神正在闭目微笑,它

们就是诸神。在藏传佛教中,梅里雪山就是诸神。当地人将梅里雪山称为"太子十三峰",这十三座山峰平均海拔都在 6 000 米以上。缅茨姆峰,传说是卡瓦格博大神的妃子,洛拉争归贡布(红脸神峰),它躲在缅茨姆的身后;加瓦仁安,是一顶佛冠,海拔 5 470 米;玛兵扎拉旺堆峰,也称无敌降魔战神;巴乌八蒙峰,藏语意思是英雄女儿峰;巴乌八蒙的右侧是帕巴尼顶九焯峰,藏语意为十六尊者……主峰卡瓦格博,这是一座金字塔形的峰,海拔 6 740 米。在拉萨有这样的传说:登上布达拉宫便可在东南方向的五彩云层之中看到卡瓦格博。当地人认为,卡瓦格博统领着诸神山,包括七大神山和 225 座中等神山以及无数小神山。人们认为,每一座山的山神都掌管着一方自然,而卡瓦格博统领着整个大地。在一篇藏族作者介绍卡瓦格博的文章里,这位作者坚定地告诉我们:"在卡瓦格博山下,你不能谈论一切细微之处的美,因为对大地上的任何微瑕之美的称赞都只是在赞美卡瓦格博山神统领的大地上的极其微小的细节,这种赞美是对卡瓦格博山神的不敬,也是对广博而和谐的大地的不敬。"在藏传佛教的典籍中,如此描述卡瓦格博"……外形如八座佛光赫弈的佛塔,内似千佛簇拥集会诵经……千佛聚于顶上,成千上万个勇猛空行盘旋于四方。这神奇而令人向往的吉祥圣地,有缘人拜祭时,会出现无限奇迹。戴罪身朝拜,则殊难酬己愿……"民间传说,在松赞干布时期,卡瓦格博曾是当地一座无恶不作的妖山(人类无法征服它,征服者无法征服所以意味着它是妖山——于注)。对于那些狂妄的征服者来说,它永远是邪恶的死亡之地,这一性质在日本登山者那里再次得到证实。密宗祖师莲花生大师历经八大劫难,驱除各般苦痛，最终收服了卡瓦格博山神。卡瓦格博从此受居士戒，改邪归正，皈依佛门，做了千佛之子格萨尔麾下一员剽悍的神将，成为千佛之子岭尕制敌宝珠雄狮大王格萨尔的守护神，升华为胜乐宝轮圣山极乐世界的象征，众生绕匝朝拜的胜地。"胜地"一词在汉语中意味深长，最终得胜的是大地而不是人。这些传说其实表达了人们理解大地的过程，卡瓦格博从妖山到保护神的这个转变，意味着人承认"胜地"，在大地面前甘拜下风，人类顺应了大地，大地通过人类富有想象力的宗教语言获得升华，成为神圣不可侵犯、不可征服者，人类因此避免了灾难。人终于承认自己的局限，产生了对大地的敬畏之心，人因此将获得大地的庇护，保管，人从此心安理得，安居乐业于是开始。历史记载，1268 年，噶玛·拔希二世大宝法王，藏传佛教活佛转世制度的创始人，朝圣卡瓦格博，确定了梅里雪山大小转山线路。1326 年，噶玛·让穹多吉三世大宝法王，朝圣卡瓦格博。这些伟大的朝圣与世界通常的朝圣不同，它不是前往麦加、罗马、梵蒂冈或者印度，而是环绕高山、河流、积雪、瀑布、森林以及落日、明月。这个朝圣其实可以追溯到更遥远的时代，我前面说过，从对一块石头的膜拜开始。

一直从卡瓦格博垂到半山腰的冰川是明永恰，它从海拔6 740米处往下呈弧形一直铺展到 2 600 米的原始森林地带，绵延 11.7 公里，平均宽度 500 米，面积有 13 平方公里，年融水量 2.32 亿立方米，是中国境内纬度最南，冰舌下延最低的现代冰川。这也是河流的一个源头。在云南德钦县附近离开滇藏公路，顺着简易危险的土路越过澜沧江，可以到达冰川的边沿。藏族诗人阿布司南带着我

去,他在此地用汉语写诗,很孤独,渴望着被承认。冰川前的山谷里藏着一个藏族村子,到了面前才发现,冰川并不像远远看见的那样狰狞、荒凉,人民已经在它旁边安居了几百年。如前往冰川的道路上挂着密集的经幡,这使人无法勇往直前,最狂妄的家伙见了这些神秘的布条也要不寒而栗,铁了心肠继续前进,但已经没有那么理直气壮,脚跟发软。冰川席子般铺在一片泥石流之上,不断地传来碎裂声、坍塌声,仿佛一场战争刚刚结束。如今村子里的人们正在筹划着如何进一步利用冰川来开展旅游,已经进了一步,但继续筹划着再进一步,谁也不知道这个进步要到何时才到终点。富起来的愿望现在非常普遍,非常急迫,不只是穷乡僻壤,就是那些历史上一直得天独厚、安居乐业的鱼米之乡也丧失了传统的自信,陷入惶惶不可终日,思量着如何进一步破旧立新。新起来很容易,但之后结果是否依然安居乐业,那就未必了,因为许多新是以摧毁过去的生活经验为代价的,经验是在故乡积累起来的,而新世界却是模仿别人的东西,许多新事物与故乡的传统格格不入,与本地完全不匹配。比如游客带来的塑料垃圾,对此冰川居民完全不知所措,他们从来没有对付这怪物的经验,以为所有的垃圾都会像传统的垃圾那样,最终为大地吸纳。结果不是,这些据说需要几百年才可以化解的怪物如今在冰川地区随处可见,不知道如何是好。而事实上,附近数百公里的地区也没有处理它们的特殊设施。旅游确实增加了居民的收入,可也令人困惑,村里的人们发现冰川正在一年一年向山顶后退,似乎正在抛弃他们。那些响了数千年的冰块碎裂声越来越响,越来越频繁,越来越激烈,令人隐隐地不安。故乡大地上有许多古老的事物消失了，这些事物科学界永远不知道，只有当地人知道。有个老人对我说，在他童年时代，这地方有什么什么，这样那样，现在都不见了。这样的话其实我已经听了一路，从河流的源头开始，人们一直在告诉我大地上许多东西在失踪，在离开，越来越少。这是一个重大事件，其意义之重大超过了人类历史上的任何革命。革命之后，被镇压者最终会卷土重来，历史一再这样演绎，但大地的消失永远不会卷土重来，谁能令后退的冰川卷土重来？这可怕的事情只是在人民中间悄悄地传着，他们在大地上劳动，只有他们知道。人民无可奈何，不知道这是怎么回事，谁来了？带走了它们？

于坚，诗人，现居昆明。主要著作有诗集《于坚的诗》，随笔集《棕皮手记》、《暗盒笔记》等。

喀纳斯灵

刘亮程

风流石

景区康剑主任盯着这块石头看了好多年。他在这一带长大,小时候他看这块石头会害羞脸红,觉得那块像男人的石头趴在像女人的石头上,耍流氓。长大以后他觉得石头的姿势美极了,他是一位摄影家,拍了好多张石头的照片,最美的一张是黄昏时分,抱在一起的男女石头人,裸露身体,在霞光彩云的山坡上做着天底下最美的事儿。

康剑说,这个石头叫风流石,也有人叫情侣石。我说,叫风流石好。风流自然。石头的模样本来就是风流动造化的,风是这里的老住户，山里的许多东西是风带来的。

康剑让我给风流石写篇美文。

我说，题两句诗吧。我想起陆游的诗句：花若解笑还多事，石不能言最可人。我把"可人"改成"风流"，石不能言最风流。两句改写的古诗就这样轻易地刻在了景点的巨石上。这是我的字第一次刻上石头，心中的忐忑与激动跟三十年前我的诗第一次变成铅字发表时一样。

石头有了名字和题诗，它还需要一个传说。

我们在山谷里找两块石头的传说。这样绝妙造化的石头不可能没有传说。以前我在新疆其他地方，也干过类似的活儿。这里的游牧人，自古以来，用文字写诗歌，却很少用它去记时间历史。时间在这里是一笔糊涂账，有的只是模糊的传说。

传说有两种方式，口传和风传。

口传就是口头传说，从一张嘴传到另一张嘴。一个故事传几代几十代人，或者传走调，或者传丢掉。

传走调的变成另一个故事，继续往下传。传到今天的传说，经过多少嘴，走了几次样，都无法知道。有时一个传说在一条山谷的不同人嘴里，有不同说法。在另外的地方又有另外的说法。俗话说，嘴是两张皮，咋说咋有理。又说，话经三张嘴，长虫也长腿。长虫就是蛇，蛇经过三张嘴一传，就长出腿了。传到今天的传说，已经是长了无数腿的长虫。

风传是另一种隐秘古老的传递方式。口传丢的东西，风接着传。这里的一切都在靠风传。风传播种子，传扬尘土，传闲话神话。风喜欢翻旧账，把陈年的东西翻出来，把新东西埋掉。风声是这里最古老的声音，所有消失的声音都在风声里。传说是那些消失的声音的声音。据说古代萨满能听懂风声。萨满把头伸进风里，跟那些久远的声音说话。

我也把头伸进风里。

这个山谷刮一种不明方向的风，我看天上的云朝东移，一股风却把我的头发往南吹。可能西风撞到前面的大山上，撞晕了头。我没在山里生活过，对山谷的风不摸底。我小时候住在能望见这座阿勒泰大山的一个小村庄，它在准噶尔盆地中央，从我家朝南的窗户能看见天山，向北的后窗望见阿勒泰山，都远远地蹲在天边，一动不动。我那时常常听见山在喊我，两边的山都在喊我。我一动不动，呆在那里长个子，长脑子。那个村庄小小的，人也少。我经常跟风说话。我认得一年四季的风。风说什么我能听懂。风里有远处大山的喊声，也有尘土树叶的低语。我说什么风不一定懂，但它收起来带走。多少年后，我听到自己的声音，它走遍世界被相反的一场风刮回来。

长大后我终于走到小时候远远望见的地方。再听不见山的呼唤。我自己走来了。

传说能对风说话的人，很早以前走失在风中。风成了孤独的语言，风自言自语。

在去景区半道的图瓦人村子，遇见一个人靠在羊圈栏杆上，仰头对天说话。我以为见到了和风说话的人。

翻译小刘说，他喝醉了。

一大早就喝醉了？我说，你听听他说什么。

小刘过去站了一会儿。

小刘说，他在说头顶的云。他让它"过去"、"过去"。云把影子落在他家羊圈上，刚下过雨，他可能想让羊圈棚上的草快点晒干吧。

风流石的传说是我在另一个山谷听到的。我们翻过几座山，到谷底的嘉登裕时，风也翻山刮到那里。云没有过来，一大群云停在山顶，好像被山喊住说什么事情。我看见山表情严肃，它给云说什么呢。也听不清。

我把头伸进风里。

传　说

牧主的儿子哈巴特风流成性，经常在附近牧场勾引少女，抱到山石上寻欢。牧民们认为哈巴特的行为败坏风俗，便从喀纳斯湖边请来一男一女两个萨满巫师，惩治哈巴特。男萨满目睹哈巴特的行为后，摇摇头走了。男巫师说，我能降妖除魔，但我降服不了人的情欲。

女萨满巫师留下来。女巫师装扮成美丽少女，在草场放牧，被

哈巴特勾引去。正当哈巴特和少女寻欢时，女巫师现出原形。哈巴特看到刚才还水灵灵的美丽少女，转眼间又老又丑，惊恐不已。可是，这时哈巴特已经跑不掉了，他被女巫师牢牢抱住，就这样过了一千年又一千年，哈巴特还是没有从这个又老又丑的女巫师身上脱身。

民间传说女萨满巫师用一种"锁"的法术，把哈巴特的身体牢牢锁住。哈巴特所以能勾引那么多痴情少女，是因为哈巴特身上有一把闪闪发光的金钥匙，女人都很难经受住金钥匙的诱惑，它轻易地打开少女的心灵和情欲之锁。可是，女巫师的锁不一般，它专门锁钥匙，钥匙插进去，锁就把钥匙锁住，再拔不出来。你们看，被牢牢锁住的哈巴特像青蛙一样趴在女巫师上面，他使多大劲都无法脱身。

哈巴特的父亲听说心爱的儿子被女巫师锁住，从喀纳斯湖边请来另一个萨满巫师，萨满目睹这一情景后说：我能救苦救难，但被女人锁住的男人，我救不了。

哈巴特和他身下的女人，就这样紧紧抱了千万年，双双变成石头。

变成石头的哈巴特，还是被牢牢锁住。早些年牧场的人嫌这两块男女石头抱在一起不雅观，把未成年的孩子都教坏了。几个成年人扛木头撬杠上来，想把两个石头分开。折腾了半天，累得满头大汗，石头丝毫未动。前几年修公路，工人想把上面那块石头搬下来垫路基，吊车开上去，钢丝绳绑在石头上，却怎么也吊不起来，上面的石头紧紧连在下面的石头上。听说还有人拿了一包炸药，放在两块石头中间，爆炸声把草场的牛羊都吓惊了，两块石头仍然紧抱在一起。

那以后再没有人敢动这块石头,它成了受人敬畏的神石,当地人都叫它们风流石,也有人叫它们情侣石。都没错。即使没有这个传说,两块石头这样抱几万年,也早抱出感情了。你看趴在上面的哈巴特还是很动情的样子。

相传这块石头有一种魔力,女人只要虔诚地盯着它看三分钟,就能获得一种锁住男人的魅力,让男人永生永世对自己不离不弃。当地的女人,发现男人有外遇就来看这块石头。眼睛一眨不眨地看三分钟,看完回去后,男人的心和身体都回来了。渐渐地,石头的魔力被外面人知道,好多家庭不和的女人,都来看这块石头。有的还带着自己的丈夫或男友来看。据说男人看过这块石头,都吓得不敢风流了。

湖　怪

湖怪伏在水底,我们不知道它是什么。它也不知道我们是什么。它偶尔探出水面,望望湖上的游艇和岸边晃动的人和牛马。它的视力不好,可能啥都看不清。可它还是隔一段时间就探出来望一望。它望外面时,自己也被人望见了。我们走访几个看见湖怪的人,都描述着一个模糊的湖怪样子。这个模糊样子并不能说明湖怪是什么。

在喀纳斯,看见湖怪的人全成了名人。好多人奔喀纳斯湖怪而来,他们访问看见湖怪的人。没看见湖怪的人默默无闻,站在一旁听看见湖怪的人说湖怪。

牧民耶尔肯就没看见过湖怪,他几乎天天在湖边放牧,从十几岁,放到五十几岁。他的邻居巴特尔见过水怪,经常有电视台记者到巴特尔家拍照采访,让他说湖怪的事。每当这个时候,没看见湖怪的耶尔肯就站在一旁愣愣地听,听完了就到湖边去放牧。他时常痴呆地望着喀纳斯湖面。他用一只羊的价钱买了一架望远镜,还随身带着用两只羊的身价买的数码照相机。他经常忘掉身边的羊群,眼睛盯着湖面。可是,他还是没有看见湖怪。湖怪怪得很,就是不让他看见。比耶尔肯小十几岁的巴特儿,在湖边待的时间也短,他都看见好多次湖怪了,耶尔肯却一次也看不到。

水文观察员很久前看见湖怪探出水面,他太激动了,四处给人说。有一天,当他把看见湖怪的事说给湖边一个图瓦老牧民时,牧民盯着他看了好一阵,然后说:"你这个人怪得很,看见就看见了,到处说什么。"水文观察员后来就不说了,别人问起时直摇头,说自己没看见水怪,胡说的。

但图瓦老牧民的话被人抓住不放。这句话里本身似乎藏着什么玄机。图瓦老人为什么不让人乱说湖怪的事。湖怪跟图瓦人有什么关系?湖怪传说的背后,似乎隐藏着一个更大的怪。这个怪是什么呢?

我们去找那个不让别人说湖怪的图瓦老人。只是想看看他,没打算从他嘴里知道有关湖怪的事。一个不让别人说湖怪、生怕别人弄清楚湖怪的人,他的脑子里藏着什么怪秘密?

可惜没找到。家里人说他放羊去了。

"那些说自己看见湖怪的人,一个比一个怪。不知道他们以前怪不怪,他比别人多看见了一个东西。这个东西是多少人想看见但看不见,他也许没想看见但一抬头看见了。看见了究竟是个什么?又描述不出来。只说很大。离得远。有多远?没多远。就是看不清。有人说自己看清楚了,但说不清楚。"康主任说。

康主任领导着这些看见湖怪和没看见湖怪的人。他当这里的头儿时间也不短了,湖怪就是没让他看见过。

我们坐游艇在湖面转了一圈,一直到湖的入口处,停船上岸。那是一个枯木堆积的长堤。喀纳斯湖入口的水不深。湖就从这里开始,湖怪也应该是从这里进来的吧。如果是,它进来时一定不大,湖的入口进不来大东西。而喀纳斯湖的出口,也是水流清浅。湖怪从出口进来时也不会太大。那它从哪来的呢?那么巨大的一个怪物,总得有个来处。要么是从下游游来,在湖里长大。要么从山上下来,潜进水里。以前,神话传说中的巨怪都在深山密林中。现在山都变浅林木变疏,怪藏不住,都下到水里。

潜在湖底的怪好像很寂寞,它时常探出头来,不知道想看什么。它的视力不好。人的视力肯定比它好,但水面反光,人不容易看清楚。游艇驾驶员金刚看见湖怪的次数最多,在喀纳斯他也最有名,

他的名字经常在媒体上和湖怪连在一起。他也经常带着外地来的记者或湖怪爱好者去寻找湖怪，但是没有一次找到过。尽管这样，下一批来找湖怪的人还是先找到金刚，让他当向导。金刚现在架子大得很，遇到小报记者问湖怪的事，都不想回答，让人家看报纸去，金刚和湖怪的事都登在报纸上。

我们返回时湖面起风了，一群浪在后面追，喀纳斯湖确实不大，一眼望到四个边。这么小的湖，会有多大的怪呢？快靠岸时，康剑很遗憾地说，看来这次看不到湖怪了。康主任希望湖怪能被我们看见。他认为让作家看见了可能不一样。作家也是人里面的一种怪人。作家的脑子是一片深不见底的大湖，湖底全是怪。作家每写一篇东西，就从湖底放出一个怪。我们这个世界，还有那么多人对作家的头脑充满好奇。他们也很怪，盯住一个作家的头脑里的事情看，看一遍又一遍，直到作家的头脑里再没怪东西冒出来。天底下的怪和怪，应该相互认识。康主任想看看作家看见湖怪啥样子，喊还是叫，还是见怪不怪。可能他认为怪让作家看见，算是真被看见了。作家可以写出来，其他看见湖怪的人，只能说出来，而且一次跟一次说的不一样。好像那个怪在看见他的人脑子里长。那些亲眼看见湖怪的人，对别人说一百次，最后自己都不相信了，好像是说神话一样。

我是相信有湖怪的，我没看见是因为湖怪没出来看我。它架子大得很。它不知道我是什么东西。我的名字还没有传到水里。我脑子里的怪想法也吓不了湖里的鱼。但我知道它。如果我在湖边多待些日子，我会和它见一面。我感觉它也知道我来了。它要磨蹭两天再出来。可我等不及。我离开的那个中午，它在湖底轻轻叹了口气，接着我看见变天了。

回来后我写了一首《湖怪歌》：

> 湖怪藏在水底下
> 人都不知道它是啥
> 它也不知道人是啥
>
> 有一天，湖怪出来啦
> 湖怪出来啦
> ⋯⋯

就几句，套进二毛整理的图瓦歌曲里，反复地唱。这是唱给湖怪的歌。也是湖怪唱的歌：它不知道人是啥。

灵

我闻到萨满的气味。在风中水里，在草木虫鸟和土中。这里的一切被萨满改变过。萨满把头伸进风里，跟一棵草说话，和一滴水对视，看见草叶和水珠上的灵。那时候，灵聚满山谷和湖面。萨满

走在灵中间。萨满的灵召集众灵开会。萨满的灵能跟天上地上地下三个层面的灵交往，也能跟生前死后来世的灵对话。

　　树长在山坡，树的灵出游到湖边，又到另外的山谷。灵回来时树长了一截子。灵不长。灵一直那样，它附在树身上，树不长时灵日夜站在树梢呼唤，树长太快了它又回到根部。灵怕树长太高太快。长过头，就没灵了。有的动物就把灵跑丢，回到湖边来找。动物知道，灵在曾经呆过的地方。灵没有速度，迟缓，不急着去哪。鸟知道自己的灵慢，飞一阵，落到树上叫，鸟在叫自己的灵，叫来了一起飞。灵不飞。灵一个念头就到了远处，另一个念头里回到家。有人病了，请萨满去，萨满也叫，像鸟一样，兽一样叫。病人的灵被喊回来，就好了。有的灵喊不回来，萨满就问病人都去过哪，在哪呆过。丢掉的灵得去找。一路喊着找。

　　当年蒙古人去西方打仗的时候，灵就守望在出发的地方。蒙古人跑得太快，灵跟不上。但蒙古人带着会召集灵的萨满。横扫西方的蒙古大军其实是两支队伍，一支是成吉思汗统领的骑兵，一支是萨满招引的灵。这支灵的部队一直左右着蒙古骑兵。西方人没看见蒙古人的灵，灵太慢了，跟不上飞奔的马蹄。蒙古人在西方打了两年仗了，灵的部队才迟迟翻过阿勒泰山，走到额尔齐斯河谷的喀纳斯湖。

　　灵走到这里就再不往前走。蒙古人最终能打到哪里是灵决定的。那些跑太远的蒙古骑兵感到自己没魂了，没打完的仗扔下赶紧往回走。回来的路跟出去的一样漫长。

喀纳斯是灵居住的地方。好多年前,灵聚在风里水里。看见灵的萨满坐在湖边,萨满的灵也在风里水里。萨满把灵叫"腾"。打仗回来的蒙古人带着他们的"腾"走了,过额尔齐斯河回到他们的老家蒙古草原。没回来的人"腾"留在这里。灵也有岁数。灵老了以后就闭住眼睛睡觉。好多灵就这样睡过去了。看见灵的眼睛不在了。召唤灵的声音不在了。没有灵的山谷叫空谷。喀纳斯山谷不空。灵沉睡在风里水里,已经好多年,灵睡不醒。

来山谷的人越来越多,人的脚步噪杂,唤不醒灵。灵不会这样醒来。灵睡过去,草长成草的样子,树长成树的样子,羊和马,长成羊马的样子。人看喀纳斯花草好看,看树林好看,看水也好。一群一群人来看。灵感到人是空的,来的人都是身体,灵被他们丢在哪里了。灵害怕没有灵的人。没有灵的人啥都不怕。啥都不怕的人最可怕,他们脚踩在草上时不会听到草的灵在叫,砍伐树木时看不见树的灵在颤抖。

一只只的羊被人宰了吃掉。灵不会被人宰了吃掉。灵会消失,让人看不见。

灵在世界上不占地方。人的心给灵一个地方,灵会进来居住。不给灵就在风里。人得自己有灵,才能跟万物的灵往来。萨满跟草说话,靠在树干上和树的灵一起做梦。灵有时候不灵,尘土一样,唤不醒的灵跟土一样。

神是人造的,人看出每样东西都有神,人把神造出来。人造不出灵。灵是空的。空的灵把世俗的一切摆脱干净,呈现出完全精神

的样子。灵是神的精神。人造神,神生灵,灵的显像是魂。灵以魂的状态出现,让人感知。人感知到魂的时候,灵在天上,看着魂。人感知的魂只是灵的影子,灵是空的,没有影子。灵在高处,引领精神。人仰望时,神在人的仰望里,而灵,在神的仰望里。通灵先通神,过神这一关;也有直接通灵的,把神撇在一边。萨满都是通神的。最好的萨满可通灵。

树

萨满想让一个人死,他不动手。他会让一些坏事情,发生在他认为的坏人身上。

萨满知道湖边一棵大树要倒,今天不倒明天倒,今年不倒明年倒。那个萨满想让他死的人,经常在湖边走。萨满头伸进风里,眼睛闭住,像在算一道复杂的算术题,最后,他会算到这一刻:那个人刚好从树下经过的时候,树倒了。这中间萨满做了什么手脚我们不知道。那个人一千次地从树下走过,树没倒。树倒的时候没到,还差蚂蚁咬一口,那窝蚂蚁在树上,每时每刻都在咬树。还差风推一把,风也时常在刮。这些事情都准备好,该那个人走来了,咋样让那个人就在蚂蚁咬最后一口、风推最后一把的时候,正好从树下走过呢?这中间萨满做了什么没人知道。人们只知道那人被树压死了。

早年,萨满说一个牧民会被树压死。牧民不敢在山里待了,跑到山外草原上放牧，那里没有一棵树，有树的地方牧人躲开不去。牧人这样生活了好些年，有一天，一匹马拉着一根木头从山上下来，牧人看上了它，就用一只羊换了来。木头粗粗短短的，牧人也没想到它有啥用，反正毡房边放一根木头，总不会多余。再说，躺在地上的木头，总不会压人吧。

可是有一天，牧人躺在离木头不远的地方打盹，木头突然滚动起来，开始很慢，接着越滚越快，直接从牧人身上压过去，牧人当即死了。

木头为啥会滚动，牧民的毡房在一个斜坡上，木头买来后，牧人特意在木头一边垫了一堆土，把木头堰住。挖土时挖到了蚂蚁窝，蚂蚁生气了。蚂蚁全体出洞，用几个月时间，把牧民堰在木头下面的土掏空，再搬到以前的地方。蚂蚁干这些事情时牧民并不知道。山里的萨满肯定知道。堰木头的土掏空了，木头还是不会自己动。木头需要一点点外力，让自己滚一下，然后木头就会滚起来，越滚越快，一直滚到大坡下面，再借势滚到对面的半坡上，木头盯着那个地方望了很久了，木头知道自己的下一站是那面坡上的一丛青草，它将在那里腐朽掉。

木头在等这个外力。牧人有两个孩子，每天在木头上爬上爬下，有时站在一边推，两个孩子想把木头推动。可是，木头被土堰住，两个孩子也小小的没有力气。但孩子不甘心，每天推一下。两个孩子正长个子，长劲，相信有一天木头会被他们推动。牧人知道儿子在长个子长劲，木头也知道。木头在等。牧人不知道木头在等。山里的萨满肯定知道。

这一天，牧人躺在那里打盹，木头被推动了，两个孩子吃惊地看见木头滚起来，越滚越快，很快从躺在草地的父亲身上滚过去。

喀纳斯最后一个萨满，在 1982 年死了。我们走访的几位老人，都还记得萨满的样子，萨满给人和牛羊看病，萨满在风里跳舞，召集山谷所有的灵过来说话。萨满让没有灵的人看见灵。萨满的灵与他们交流。萨满自言自语。

我感到萨满的灵还在山谷，他那时看到的灵，还附着在那些事物上，只是，萨满不在。我们顶多走到草地，走到牛羊和桦树身边。走到灵的路，要萨满引领。萨满不在，走向灵的路被他带走了。

我没见过真正的萨满。萨满活到今天，我应该和他认识。

山

在自然界中，山最不自然。从我进阿勒泰山那时起，就觉得山不自然。它的前山地带没一座好山，只是一堆堆山的废料。山造好了，剩下的废料堆在山前。堆得不讲究。有些石头摞在别的石头上，也没摞稳，随时要坠下来的样子。有的山和山，挨得太近，有的又离得太远，空出一个大山谷。好在山和山没有纠纷，不打架。高山也不欺负矮山。山沟与山沟靠水联系。山没造好，水就乱流，到处是不认识的河谷。

有的山看上去没摆好姿势，斜歪着身子，不知道它要干啥。是起身出走，还是要倒头睡下？这些大山前面的小山，一点没样子。

而后面的大山又太大，地太小，山只能爬在那里。阿勒泰山就这样趴着，它站起来头和身子都没处放。坐下也不行，只有趴着。像山这么大的东西，可能趴下舒服一些。我从远处看阿勒泰山是趴着的，走进山里，山在头顶，仍然看见它是趴下的。它站起来头会顶到天外面去。可能天外面也没地方盛放它。我们人小，站起趴下都在它的怀抱里。

山的怀抱是黑夜。夜色使山和人亲近了。山黑黝黝地蹲在身旁，比白天高了一些，好像山抬了抬身体，蹲在那里。

在喀纳斯村吃晚饭时，我一抬头，看见对面的山探头过来，一个黑黝黝的巨大身影。天刚黑时我看山离得还远，坐下吃饭那会儿，看见山近了，旁边的两座山在向中间的那座靠拢，似乎听见山挤山，相互推搡的声音。前面的山黑黑地探过头，像在好奇地听我们说山的事情，听见了扭头给后面的山传话，后面的又往更后面传，一时间一种哗哗哗的声音响起来，一直响到我们听不见的悠远处，在那里，山缓慢停住，地辽阔而去，地上的田野、道路和房子悠然展开。

山这么巨大的东西，似乎也心存孩子般的好奇。我感到山很寂寞。我们凑成一桌喝酒唱歌，山坐在四周，山在干什么？如果山也在聚餐，我们就是它的小菜一碟。可能它已经在品尝我们的味道，它嫌我们味道不足，让我们多喝酒，酒是它添加给我们的佐料。山把有酒味的人含在嘴里，细细尝尝，把没酒味的人一口吐出来。早晨起来，我看见昨晚凑在一起的山都分开了。昨晚狂醉在一起的

人，一个瞪着一个，好像不认识似的。

月　亮

月亮是一个人的脸，扒着山的肩膀探出头时，我正在禾木的尖顶木屋里，想象我的爱人在另一个山谷，她翻山越岭，提着月亮的灯笼来找我。我忘了跟她的约会，我在梦里去找她，不知道她回来，我走到她住的山谷，忘了她住的木屋，忘了她的名字和长相。我挨个地敲门，一山谷的木门被我敲响，一山谷的开门声。我失望地回来时满天星星像红果一般在落。

就是在禾木的尖顶木屋里，睡到半夜我突然爬起来。

我听见月亮喊我，我起身出门，看见月亮在最近的山头，星星都在树梢和屋顶，一伸手就够着。我前走几步，感觉脚离开地飘起来，我从一个山头，跨到另一个山头，月亮把我向远处引，我顾不了很多，月亮在喊我。

我童年时，月亮在柴垛后面呼唤我，我追过去时它跑到大榆树后面，等我到那里，它又站在远远的麦田那边。我再没有追它。我童年时有好多事情要做，忙于长个子，长脑子，做没完没了的梦。现在我没事情了，有整夜的时间跟着月亮走，不用担心天亮前回不来。

此刻我高高远远地，蹲在那些星星中间，点一支烟，看我匆忙经过却未及细看的人世，那些屋顶和窗户，蛛网一样的路，我从哪条走来呢？看我爱过的人，在别人的屋檐下生活，这样的人世看久了，会是多么陌生，仿佛我从未来过，从我离开那一刻起，我就没有来过，以前以后，都没有过我。我会在那样的注视中睡去。我睡去时，满天的星星也不会知道它们中间的一颗灭了。我灭了以后，依旧黑黑地蹲在那些亮着的星星中间。

夜色把山谷的坎坷填平，我的脚从一座山头一迈，就到了另一座山头。太远的山谷间，有月光搭的桥，金黄色月光斜铺过来，宽展的桥面上只有我一个人。

我回来的时候月亮的桥还搭在那里，一路下坡。月亮在千山之上，我本来可以和月亮一起，坐在天上，我本来可以坐在月亮旁边的一朵云上，我本来可以走得更高更远。可是，我回头看见了禾木村的尖顶房子，看见零星的一点火光，那个半夜烧火做饭的人，是否看见走在千山之上的我，那样的行程，从那么遥远处回来，她会备一顿怎样的饭菜呢。

从月光里回来我一定是亮的，我看不见自己的亮。

我回来时床上睡着一个人，面如皓月。她是我的爱人。她睡着了。我在她的梦里翻山越岭去寻找她。她却在我身边熟睡着。

刘亮程，作家，现居乌鲁木齐。主要著作有散文集《一个人的村庄》，长篇小说《虚土》等。

晨与午

黄　毅

晨

当母牛鼓胀胀的乳房,把稀薄的夜色变成浓稠的乳汁,当第一滴下坠的甘醇打破清晨的宁静,新疆最寻常一天的最初就这样来临了。

正如十世纪波斯诗歌之父鲁达基诗中所言,"借助太阳的升起表示一天的开始/只有它能给予你的一个标志"。太阳无疑是新疆时间的标志,而在这个弥散着乳香的早晨,太阳也挣扎在这甜丝丝的氛围里,这一刻的时间不仅仅是用太阳标志的,也是用气息标志的。

母鹿自胡杨林的深处探出,她机灵的耳朵捕捉着哪怕一丝声响。这头被狼群追赶了一夜的母鹿,此际被晨光中的宁寂所迷惑,她细小的舌头舔舐着树叶上的霜露,她甚至嗅到了几里之外跑散的牡鹿散发出浓郁的腺体的气味,这气味让她沉迷,使她骚动,令她亢奋,她不可抑制地抑起秀美的鹿头,向远方发出温软的鸣叫。而狼群已循声而至,它们散开形成包围之势,彻底截断母鹿的去路。也是在那一刹那,母鹿嗅到狼群的骚哄哄的气息,头狼攻击的命令还没有发生,母鹿已腾空而起,胡杨树梢划过她的柔软的肚皮,胡杨树扬花的树种,瞬间被母鹿带到沙漠的深处⋯⋯这仅仅是一瞬间的场景,母鹿遽然腾挪而去的身形,定格了一个用气息标志的时间。

　　楼兰王不会同意用九十九峰骆驼换取一匹光艳如霞的丝绸,尽管鹿皮和罗布麻的装束已让他多次不堪,但他摆脱不了兽皮和野麻的气息。在佛堂中,楼兰王仍然不能入定,李柏上谕的文书(所谓"李柏文书"是指前凉王朝驻楼兰西域长史李柏,写给焉耆王龙熙的信件及文书),那一册册木简串联起的栅栏,阻止了他向更远的地方缅想。新鲜的墨迹,如蚕茧一般漫漶,寂静深处,在他郁郁苍苍的心底,他清楚地听到了千百万条蚕虫在啃噬桑叶的声音,紫桑椹甜丝丝的气息让人险些窒息。

　　而风沙再次喧嚣,他的王国,他的子民沉溺于万丈尘沙之中。太阳墓地的树桩排列出的规则的圆形,让他相信他们活着和死后都脱逃不出时间圈定的范围,永恒的太阳,照耀着太阳墓地,太阳墓地照耀着以后的日子。楼兰王不相信他的伟大帝国,几千年以后只剩下三间泥制的墙体,一座颓废的佛塔和李柏上谕他的一册木简。

在刺鼻的沙土腥味里，王后的体香显得那么弥足珍贵，楼兰王看到侍女手中的骨针在穿梭往来，时间也是如此吗？能够被连缀起来的难道仅仅是鹿皮和罗布麻吗？新疆时间是从哪一天开始的？它会在哪一天结束呢？

鼠疫已经过去。大张的猎杀沙鼠的夹子隐匿在每一个致命的地方，夹簧绷紧的空间里比时间更为迅捷的沙鼠，早已不知所向，而鼠夹依然大张着嘴，它想吞噬的和谋取的都不是它想象的，但这个过于直白的阴谋，让尼雅的沙鼠活到了今天。

躲过了鼠疫的尼雅（尼雅是西域三十六国之一古精绝国的都城，存在于汉代至晋代，随后谜一样的消失。1901年英国探险家斯坦因发现尼雅，并出土大量佉卢文木简），并没有恢复多少生机，每天会有两名巡防的士兵从远方归来，他们不断带来危险的消息，进犯的敌人在路上，天空中弥漫着战争的气息。

而来犯的敌人始终在路上，尼雅没有被敌人击溃，而是被敌人进犯的消息打败的，假想敌使尼雅人陷入惶惶不可终日的大陷阱。拴在门旁的狗再也没人理视，无人看管的羊群漫无目的地一直朝前走去，缘着草在沙地上走绿的路，走到最后一棵草标识的时间尽头。

开启的门扇不会有人再关闭，一任它在风中吱呀作响，门的裂缝愈来愈大，没有人摔打，自由的门在放任中回复到自然状态，不用拒绝或接纳谁，门的使命因为人的逃亡而结束。对于风的进出，匆匆或缓慢，门都用不着警惕，风让无所事事的门显得更加无所事事了，但没有了风，门还有什么指望呢？

寺院的钟声也已熄灭多时，码放齐整的经文仿佛一堆劈柴。那里面汉文的、婆罗密文的还有佉卢文的经句，像虫子一样在蠕动着，密密麻麻的，有谁还堪卒读？而犍陀罗风格的塑像依旧庄重，双目凝含的慈悲，嘴角轻挂着微笑，不管有没有人朝觐，佛都那样坦然，而且那样的一种神情让时间无法不停住。

尼雅，一个沙埋的庞贝城，在比时间更繁密的沙子里获得了再生。

突袭是在一个相对集中的时间段上完成一个漫长的时间段上的战争，或者是把所有的时间集合在一起，在一个特定的场合释放。

惯于长途奔袭的吕光大将军，长安的气息正在身后渐渐淡去，他的衔枚疾行的兵士们却被一种从来没有的气息所阻，兵士们步履慌乱，目光散淡，一种不可言状的情绪瘟疫一般追上了这支部队。那是六月的沙枣花，以极琐细的个体集合成大片大片的金黄，在风中发出金属的鸣响。而馥郁的沙枣花香，让空气变得异常黏稠，那些趋香而至的蜂蝶，常常因无法泅渡而跌落尘土。就是这些气息，让吕光的士兵们也不知所向，这些甜腻的气息，让他们忆及了所有幸福的时光，温暖的细节、暧昧的片断、不堪的尴尬，凡此种种涌上心头的苦辣酸甜，都与当下的气息暗合了。就连坚毅的吕光也忍不住深深呼吸了几口这塞外特有的空气，在肺筒子的深处他记住了让他的军心摇动的气息。

同样的沙枣花香也笼罩着龟兹国，昭怙厘寺的深墙高院也没能隔断一阵浓似一阵的沙枣花香，鸠摩罗什有些心神不定，在《妙法莲花经》里他仍然不能回到从前的妙境，有种直觉告诉他，今天的宣法将是他的声音最后回荡于昭怙厘寺。

浓重的沙枣花香和同样浓重的龟兹乐舞,掩盖了骁骑大将军渐渐逼近的马蹄声,吕光的突袭几乎是在挥手之间完成的。鸠摩罗什被掳去了凉州,尽管以后文献中称他是被迎请到了长安。吕光的战利品中还包括鸠摩罗什一样著名的龟兹乐舞。

当鸠摩罗什于宽大的驼峰坐定,他的被迫东行已不可逆转,在启程的一刹那,他再一次被像时间一样不依不饶的沙枣花香击中,那直透他的胸肺的丝丝缕缕不绝的气息,让他一瞬间跨越了所有的季节。

时断时续的丝绸古道,又一次陷入沉寂。在攀爬葱岭之前,马可·波罗的蓝眼睛第一次遭遇了比爱琴海更加碧湛的冰河。因为等待而焦躁的内心,在冰河面前渐渐平复了。那些莹洁剔透的古冰,不知形成于何时,更不知将融于何地。马可·波罗无意见证这一切,他要让他的双手在冰河里浸泡一下,看通红而僵硬的十指,能否再攥握住攀冰的冰锥,以此决定是否继续前行。

前方不断传来道路是否通畅的消息,在漫长的等待中,马可·波罗发现脚趾的汗毛愈来愈长,这让他很担心。对于一个长途跋涉者来说,最怕见到光洁如土豆的脚趾上长出根须般的汗毛,有了根须,就意味着要留下,要深深扎根于哪怕最贫瘠的土地,即使这里是永久的冻土层。他很想用那一块黄色的石片刮削去脚趾上丑陋的汗毛,他用手指试了试石片刃口,很锋利很结实,但他终于没有动手,因为他还发现,只有脚趾上的汗毛让他无法忘记时间。一个准备用一生时间去走遍东方的人,不会无视时间的存在,也不会忽略在靴子里悄悄增长的时间。

在冰峰的肩胛处旋翔的金雕看来，冰河边那个凝而不动的黑点有些怪异。帕米尔高原的牦牛和人都不会那样，那是一种陌生的气息，丝毫没有将被捕杀者的惊恐和不安。而且这个黑点的周围有些巨大的石块，在石块面前黑点显得格外凝重，金雕不断降低着高度，穿过最薄的云层，它终于看清那黑点是个蹲跪在冰河边的人，显然他不是在做祈祷，他有一张胡子拉碴的脸，但却异常年轻。马可·波罗几乎不用抬眼就发现了这只险些把他当成猎物的金雕，在冰河的倒影里，金雕也是凝而不动的，但他竟然看到了旋翔的金雕搅动气流形成的涡漩。这两个对视者都从对方的冷静和淡漠中，找到了自己的影子。对于一心想去远方的马可·波罗来说，还有什么能比鹰带给他更多的想象空间？而金雕的理由很简单，一切动物皆为猎物，只是这个背影格外凝重的人让它拿不定主意，他身上那种陌生的气息，是帕米尔所有的时间里都不曾有过的，很看重经验的金雕，决不轻易冒险。

远方不断有消息传来，从路上不断出现的青花陶瓷碎片，马可·波罗推断着道路可能在什么地方出现了阻塞。从远方来的一位瞽目的歌手，他用歌声向马可·波罗描述着所见的一切。马可·波罗相信用心灵看到的比眼睛更真切，只是靠一根手杖的引导，难免让杖头与地面磕碰的笃笃声扰乱了心智。瞽目歌手告诉马可·波罗，盖孜驿站已经畅通，喀什噶尔绿洲的一座花园里开出了一朵谁也从来没见过的、大如镶饼的花朵，这花朵能发生声响，还能喷出香味的烟雾，已经有九头驴和三匹骡子在这种香气中一夜毙命。马可·波罗对此事难辨真伪，就在前天，那个带着两只猴子的杂耍者

还告诫他，盖孜驿站已被山匪占领，喀什噶尔城正在爆发瘟疫，趁现在大雪还没有封山，赶紧回转。

金雕再一次光顾马可·波罗的营地，在盘旋了三圈之后，不疾不徐地朝着葱岭飞去，这似乎给马可·波罗一种暗示，一种指引。朝金雕飞去的方向，马可·波罗和他的驼队攀上了思慕已久的大坂，石头城巍峨的城墙于雾漭中似隐似现。急喘不止的马可·波罗忍不住喜极而泣，一滴灼烫的泪砸在了脚下，他听到了冰雪被融化的欢乐的嗞嗞声。

而他的货物里，那些来自远方的香料也弥散出旷日持久的香味，好像在先前的一段时间这些香料丧失了某种功能，而在这一刻却神奇地恢复了，且是加倍地偿还。在这旷日持久的香氛里，马可·波罗沉迷于东方时间制造的魔幻中，也是在这一刻他想好了见到中国皇帝要说的第一句话：中国时间比我的香料还要香。

西域的早晨是亚洲的早晨，是整个人类的早晨。

午

我并不需要特别强调时间的重要性，时间和空气一样，是我们须臾不可离，而又常常被忘记的东西，但是，时间绝不是可有可无的东西，许多的东西都可以用来表达时间，诸如树的影子，潺潺的流水，闪烁的星光，树上的果实，人的面庞以及大理石墓碑等。而时间只能表示时间。

一棵胡杨树从拇指粗细的树苗长到合抱粗需要多少时间？如果再把树心长空需要怎样的契机和巧合？罗布泊已几次盈消湫溢？这个游移的湖在荒原上留下巨大的足印，但不管走到哪里，罗布人始终追随着它。斧子叮当声不绝于耳，那棵中空的胡杨树被伐倒，这是时间制造的船体，在它很小的时候时间就预留下了应有的空间，这个空间将在多少年以后被人占有，斧斫的叮当声不绝于耳，黑铁的斧子坚硬锋利，肉色的木屑在斧子的催逼下四处飞溅。斧子吃进树身的声音清晰而干脆，这是宿命，是时间导致的结果，在那时，在不同的场合都能聆听到时间的声音，而现在却不那么容易了。

　　更早的时候，斧子还是一块铁，在通红的炉膛里，铁渐渐变红，变得细腻起来。铁的力量深不可测，在暗红的深处，藏匿着雪亮的锋刃。只有被另一块铁击打、追迫，它才能现身。铁坯被置于铁砧上，它像已经完成了孵化的鸟，星火四溅，华美的羽毛呈现着曼妙的身姿，锤声起起落落，快快慢慢，在悦耳铿锵的锤声里，铁变成了斧子，变成了圆形的被称为坎土曼的垦荒农具。这段时间是用来聆听的，是时间让一块粗糙的铁变成一个无坚不摧的时代。

　　而后是一次圣浴。通红的铁在冰冷的水里迅速倒退，倒退到原初进入火之前的样子：冷静而节制。一件铁器的淬火，掩藏了太多情感的巨变，当雪亮的锋刃从瓦蓝中脱颖而出，一切的经历都显得弥足珍贵了。

　　胡杨树的独木舟，让罗布人贴近水而不沉溺于水。在有限的时间里，抵达或离开已不是太难的事，往来穿梭的独木舟，船腹划过水面的声音细密而真实，平坦的水将这声音嬗递到水的另一方。在蒲

草的深处，野鸭回应着所有的声音，包括大头鱼吐水泡的声音，都是那样缠绵。在这个寂静的水世界里，谁弄出点声响都不足为怪，重要的是一百年以后还能让人听到的声音在哪里？罗布泊成为了罗布荒原，水变成了流沙，野鸭求偶的声音变成了恶风的哀嚎。独木舟在黄沙中渐渐朽烂，罗布人的渔歌凝固为起起伏伏的雅舟，那些惯于夜暗之时在其间游荡穿行的风，变渔歌为魑魅的无辞哼鸣……

正午的阳光看上去漂浮力很强，树木和建筑似乎都有晃动。清真寺的邦克楼如桅杆一般矗立，那情形就如同十世纪波斯天文学、数学家兼诗人奥马尔·哈亚姆在《柔巴依集》里写的那样：阳光之箭已射上了苏丹的塔楼。

麦僧的呼唤自邦克楼顶响彻四野。那是召唤信徒们去清真寺做脯礼，那召唤绵长而悠扬，在没有风的正午轻轻拂过所有人的面庞。有人放下手中的坎土曼，用河水濯洗了手脚，面对西方真诚地跪拜；有人在理发摊上还没有仔细修好胡子，便匆忙赶往清真寺；做土陶的后人还没有点燃窑火，便在召唤声中去聆听真主的教诲，那是在同一时刻，规定的时刻千万人共同完成的一件事，那是时间在用《古兰经》的声调在传谕，这个适合聆听的正午，没有被错过的时间，只有被错过的人。

那个在病榻上的老者，茂密蓬松的银须让他的脸颊仿佛时刻在烈火的包围中，他浓密的银须正好与时间的密度相同，在他的脸上，时间清晰得丝毫毕现。老者已经没有能力去清真寺做一天三次的乃玛孜，但每当麦僧的召唤响起，他如炭炙的周身便渐渐清爽起来，他在内心做着脯礼，天空湛碧，阳光滂沱，乐句一样流畅的鸽群，演奏在清真寺辉煌的穹顶。他坚信他能见到真主,他坚信他已见到了真主。真主让他聆听了自己的声音。真主不拒绝一个用一生时间排队进入天堂者的简单的请求。老者的晡礼因此显得格外漫长,他默诵经文的嘴唇鲜润无比,他的面庞亦生动之极,午间晡礼的老者,让人们想到了一天的漫长和一生的短暂。"你知道我们的逗留多么短暂/一旦离去/也许再也不能回来",奥马尔·哈亚姆在十世纪就曾这样吟咏过。据传,这位伟大的波斯诗人说的最后一句话是:"真主啊!我曾在力所能及的范围里努力了解你,所以请原谅我,因为实际上我对您的了解就是我靠拢您的唯一手段。"

你是一张多么幸运的羊皮。大多数的羊皮被用来制作大氅、帽子甚至皮靴,而你却被人选来用于书写,那些经文,那些诗句被金粉优雅地书写出,你成了闪闪发光的书籍,被奉为经典,在国王的手中,在大阿訇的眼前,你的神圣早已让你与时间共存。

这是一群白色和黑色为主的羊群,是马赫穆德·喀什噶里流亡中亚时最常见的羊群,也是他的家乡乌帕尔山最生动的内容。现在是秋天,微黄的牧草泛着奶油的光泽,正是羊群抓膘的大好时机,这群羊正缓缓从他的眼前通过,黑白分明的毛色庄重而华贵。头羊的铃铎清脆,这是一个多么完美的羊群,而羊群此刻构成的图景又是那样从容和谐,也就是在那一刻,马赫默德·喀什噶里决定用自己所有的黄金买下这群羊。他的阿拉伯文的突语大词典,只能用金粉,在这样的羊皮上书写。

风中传来羊们的咩叫,马赫穆德·喀什噶里心中遽然一凛,他坚信不管过去多少年,当人们在阅读《突厥语大词典》时,打开书页

都会在时间的深处听到细如游丝的一声纯真的咩叫。那也是在正午，极适合聆听的正午，时间因为一群羊的蠕动和咩叫而忽然停滞了。

你是一块多么好的小牛皮。你被绷紧了，蒙在浑圆锥形的铁腔上，人们称你为纳格拉鼓。你是一个声音的储存器，和小牛生前一样，有着火暴的脾气，激烈的心跳，年轻的冲劲和倔强的性格，根本用不着重击，只要稍微的触碰便会大放宏声；还有节奏，是马蹄驰过荒野的蹄声，是麦西来甫舞者的脚步，是眼睛遭遇眼睛时的心跳，是寒冷时两排牙齿的激颤，是仇恨时拳头和骨节的脆响……

战争因为纳格拉鼓的加入，而有了些许娱乐的成分。鼓声让血液流速加快，让喘息密集，让眼睛充血，鼓是不会轻易停下来的，一经敲响，便要分出个胜负。鼓声让每个人迅速进入角色，每个人都明白扮演的是什么，每个人都是演员也都是观众。在红色的多斯多斯沙漠，佛教徒黄色的丝绸大旗是那么绚烂，整个和田绿洲在他们身后，还有透迤的昆仑山为依托，仅仅靠《古兰经》和手中的弯刀，是难以征服他们的。而纳格拉鼓恰到时机地敲响了，那是代表时间发出的声音，密集、铿锵、坚定、执著、不依不饶、战无不胜。佛教徒的心智被扰乱了，眼睛昏花了，脑袋麻木了，手脚发软，口不能声，刀剑成了累赘，丝绸绚烂大旗像溃散的沙暴烟消云散……

红色的多斯多斯沙漠，这个圣战的圣地，整个沙漠被绷紧了，那是一面巨大的纳格拉鼓。而后漫长的伊斯兰纪年，时间却再一次喑哑，多斯多斯沙漠归于沉寂。

而纳格拉鼓更热衷于形形色色的欢乐。在古尔邦节、肉孜节，在婚礼、生日甚至割礼上，纳格拉鼓都是那样急于表现。纳格拉鼓是欢乐的中心，时间的中心。在大清真寺前的广场上，萨玛舞者在渐渐增多，舞蹈的花朵，唯一的花朵，重瓣的花朵，愈绽愈大，愈绽愈绚丽，纳格拉鼓的花蕊，芬芳四溢……

一颗桑树，是为音乐生长的，或者是被音乐浇灌的一棵桑树，最有可能成为一把乐器。樵夫的女儿阿曼尼莎在成为拉失德汗的王妃之前，就选定了一棵桑树，来制造三十二根弦的沙塔尔琴，一年中缤纷的十二个月，桑木沙塔尔琴依月份的不同，可奏出十二种不同的曲调，这十二种曲调是真主赐予人类的福音。

在沙塔尔琴声面前，没有什么是坚硬的，也没有什么是粗糙的，更没有什么是不朽的。三十二根弦，是三十二条血脉，表达的是人类的三十二种情怀，没有谁能够摧毁它，火烧不烂，水泡不软，刀砍不断，血不能使其变色，泪不能使其喑哑。

蜿蜒的叶尔羌河，分出了十二条支流；最粗壮的胡杨树，长出了十二根枝杈；伟大的叶尔羌汗国，隆起了十二座拱拜；神武的拉失德汗，迎娶了十二个王妃；胡杨林中的刀郎人，分成了十二个部落；十二个星宿，预示着十二个圣人将出现在叶尔羌汗国。这所有的十二，决定了木卡姆的十二个定数，十二个本相，十二的大格局，十二木卡姆是一只大魔法盒，它将歌、诗、乐、舞统统装进去。阿曼尼莎汗纤细的拇指和无名指轻轻拈着丝巾的一角，只一扬手，让这个世界可以动容的一切艺术，都奔涌而出，犹如六月的叶尔羌河，宽广、宏大、舒缓、抒情，在原本就不平静的表面之下，深藏着巨大的力量，在漩涡制造的诱惑之下，谁还能轻易脱身？

十二木卡姆是这个世界表示时间的另一种方式。阿曼尼莎汗操弓在琴弦上滑动,从弓的这头到弓的那头,一声惊天地、泣鬼神的妙响,从过去一直回荡到现在,那音乐的涟漪,一碟密纹的唱片,在旋转,在扩大,越过我们,直抵未来,这是一个适合聆听的正午。

黄毅,作家,现居乌鲁木齐。主要著作有诗集《黄毅世纪诗选》,散文集《新疆时间》等。

谁在大塘里唱歌

方如果

大塘里

五月的一天，我在大塘后山一户哈萨克族牧民的毡房里小憩，期间一个情景让我注意起来。主人家大约四五岁的小巴郎在毡房外的草地上独自玩耍，高兴起来一边用手拔出青草一边自言自语地叫着，这个调皮的行为让他的父亲不高兴了，走过去拉着孩子大声训斥。过后我问男主人孩子干了什么让他发起了脾气？他说孩子拔青草了。我说那不能拔吗？他说不能拔，拔青草不好。后来我知道，哈萨克人一直在借用一些礼俗、传说和鬼怪故事来禁忌人们做诸如拔除青草、毁坏树林、践踏庄稼和在草地上、渠沟里方便等行

为，甚而细致到不能踩踏"亚拉克"（倒泔水的地方），认为这种地方有饭粒、馕渣和盐水，均属"圣物"。有些禁忌，就连老人们也说不清存在的原因，可我从中清楚地感觉到了他们对自然之物和生存依托的敬畏与崇拜。正是这些风俗沿袭，让他们与草原相依千年。他们视草为自己的孩子，他们又是草原至爱的子民，至今仍然是人类中与大自然的荣谢生衍最贴近的一群。

一次雨后，我去一处山坡上采拾松菇，遇见一位老人坐在树下，走近时见他正在用餐。说是用餐，其实只有一块干馕。他用一只手的两指用力从另一只手拿着的大半个馕饼上掰下一小片，伸到面前的溪水里浸一下，送入口中。这种吃法我很习惯，可那是在哈萨克人家就着碗里滚烫的奶茶吃的。聊起来，得知他是当地人，年轻时在山下的农场做技术员，年已古稀，平时不喜烟酒，唯有一个嗜好，就是尽游周遭青山秀水。老人讲，他刚到这里时还是个知青，一次为了找回场里跑丢的几匹马，随一位哈萨克牧民在山里走了两天，一直到一处叫"雪涝坝"的地方。那次经历让他记了一辈子，也向往了一辈子。退休以后，他本为遂一下那个心愿，却连续七年了，仍是乐此不疲。我看了老人所有的旅行装备，一顶宽沿布帽，晴天遮阳阴天挡雨；一根松木杆，探路又拄杖；一只黑颜色的帆布背包，装着一块雨布，几块面饼；一只行军水壶，一本没了封皮的书。听他的出行，全在随心所欲，有时只为找一湾溪水的源头，寻得即返；有时只是要向山林的深处去，一去数日，兴尽方归。他不用照相机，可方圆几十里的一沟一壑，哪里有野菇可食，哪里有山洞可居，哪里有脱下的野鹿角，都能如数家珍。我看老人面容清癯，谈起话来眉宇间透着山野的闲淡清远。他说他没有条件在有生之年去看世间的名山大川，但要把脚力所及的地方熟记于心。

一次，我在一条流淌的小溪旁边看到一个男人在沉思着，表情凝滞，还带着些许的忧虑。可我看他恰好在自然的怀抱里，自然本应在那里存在一棵树，只是由于要等待他的伫立和忧郁，就一直空着。而这一刻，山水与这个人，终于达成它的契合。

相对于一棵树、一块石、一粒虫、一棵草，自然也许更需要人面对时的这种感动。人孤独地走出自然，几十万年地独立存在着，今天有一个人，开始在一个似曾相识的门口怀想。我突然想，这可能就是自然的最初意愿。如果说人类是自然的孩子，那么自然就是那个被丢弃太久的家。千百年来，那家把望子的门开在了远山和近水，开在了每一朵花、每一棵草，我们却匆匆践踏而过，去追逐一只猎物或是一个虚幻的影子。

2005 年的整个夏天和秋天，我再没有舍近求远到别处去度假旅行。我一次次地在大塘里穿山越林，浏览顾盼间，都是无从躲避的性灵之水，神秀之树，幽芳之草，垂悯之瀑，祥瑞之云。到了夜晚，我就会看到存于我内心的诸般景致，一次次地试图与这山水重叠映融。也许有一天，在大塘的某一处山林里，我突然就忘记了自己的所在，感觉身体里只剩存着一份淡定，几许轻扬，山水与我共享一个存在，彼此相有又互不相属。那时我看青山多壮丽，青山看我亦多妩媚了。

蘑　菇

雨天的大塘，蘑菇是给人的奇遇。

绿草的小径旁边，突然就立着一只亭亭白白的蘑菇，傍着一朵、两朵小小净净的花儿，踮着脚尖像演雨中芭蕾的，又像张望着谁。那般情景，总惹人生出一些年轻时与谁共伞的心绪来。

也会有一个、两个采菇的人，偶然让你遇见，背着湿漉漉的箩筐，身衣和穿拂其间的松枝草叶一同滴滴答答流着水珠子。采菇人不采拾路边上的菇。他们说，到路边来的蘑菇已是有了灵气的，像一个出来玩耍走远了要回家的孩子，采走了，蘑菇的灵气就回不了家，以后蘑菇也就回不了这座山，到别处去了。于是我也就不采拾路边的蘑菇，想着在下一次的雨里还遇着它们。

蘑菇的品种多，模样不同，性格也不一样。有的会自己长长的伸起脖子招引人；有的却要躲在草丛间，落叶下，土壤里。采菇人通常不告诉别人那些长菇的地方的，更不会告诉你如何从隐秘的地方看出有菇在那里。据说藏着蘑菇的草丛会有一圈暗绿的草色，叫做"蘑菇圈"，只有厚道的采菇人可以看见。那是一个秘密，是采菇人向蘑菇许诺了要守好的密约。

采菇人的箩筐里已装了小半筐的大圆菇和松树菇。采菇人说其实采菇人见着蘑菇也不忍心采的，是那些有心的蘑菇它要跳到采菇人怀里的。

我一直以为蘑菇就是世间的精灵。那些大白菇、松树菇、灵芝菇,那些枯木长出的耳朵,大地直接开出来的花朵啊,真是圣洁无瑕的稀世之美。蘑菇不该是造物的原创,来不见根,去不留残形,如同雨后天空的霓虹,只给世间惊鸿一瞥;它的味,那么的特立独行,可称是动物、植物以外的第三味;它的色鲜而清纯,浮光一抹却绝不轻妄。有虫的菇,都是好菇。毒菇无虫,用鲜艳的花色叫你知道,凡美色贪之必险,其善心何苦!

蘑菇肯定有着一个隐秘的世界,与天有关吧,与大地的神灵有关吧。而我宁愿相信采菇人的话,相信那些精灵,那些信约,那些美好的情感和善良。

可爱的蘑菇,为什么可遇又不可求见?为什么是在雨后?为什么回回还是举了伞来?是送什么人么?

那人偏偏要在雨里走。

叼　狼

狼被人视为恶魔的化身,主要是因为它作为家畜捕杀者的身份,而不是因为吃人。其实狼极少吃人,除非饿得要死。狼也怕人,人聪明到了这种程度,谁不怕呢?狼还怕听到金属的撞击声,怕马群狂奔的声音和狗的叫唤声,因为这些讯息大多与人的出现有关。

我倒觉着,狼吃羊,人杀狼,既然都是天经地义,为什么就人跟狼认了世仇呢?倒是狼更大度君子一些,没有和人以牙还牙。人在生存的历史上几乎吃遍了大底下所有可以填饱肚子的野生动植物,

老天叫几只狼来抢食几只人的家畜,这也是它为天道的公平做的一点样子。进化需要弱肉强食,但自然界又不存在绝对的强势和绝对的弱势。狼主要的食物来源是野生的羊类、鹿、兔子等。而这些被食者让追杀了亿万年,除了奔跑的体型更加优雅完美,依然生衍不息。不能想见,一旦离开了人的保护,已经完全丧失了野外生存本能的绵羊够狐狼之辈吃上几顿。

人对狼的偏见使得狼屡遭杀戮,数量急剧减少。或者狼身上真的有魔性不成,不然为何天下人都对它们憎恨不已呢?"狼来了"的传说和"狼外婆"的故事在全世界的外婆口里流传,这种严酷的仇恨教育让每一个孩子从幼年的怕狼变成成年后的仇杀。在这个故事流传最早和最广的欧洲、日本等地已经看不到狼的踪迹了。在中国关于恶狼的故事小学课本都有,想必狼一日不绝,仇恨便不会停止传播。

杀狼的记忆是哈萨克人英雄般的记忆。

哈萨克人对狼的厌恶不仅表现在故事、传说、民歌中,他们更把打狼的猎人,以及可以捕到狼的猎鹰、猎狗都作为英雄来赞美称颂。数百年前,大草原上开始出现一种习俗,一旦哪位猎人捕到狼归来,都会驮着它沿途呼喊奔跑,而牧民们见到就会一拥而上,争相抢夺,以此开心取乐。后来这种习俗作为哈萨克人祈求平安幸福的一种独特仪式沿袭下来。由于狼不是随时可得的,在娱乐性逐渐占上风时,就由叼狼演变成了现今的叼羊。

直到上个世纪,狼与羊的较量——更准确地说,是人与狼的较量有了意想不到的转变。这一次是羊找到了报复的办法。它们成群繁殖,占据所有山野戈壁甚至荒漠滩涂,把草地啃食殆尽,叫其他食草动物无法存活,狼终于走上了灭绝之路。

狼在几十年的时间里没有了。哈萨克草原上出现了奇怪的事情。草不再像以前一样疯长;牲畜的怪病层出不穷;牧人冬天少了操心事,酗酒和犯罪明显增多;本来可以养十头羊的草场,这些年有一百头羊在上面啃食,结果长出来的草只够一头羊吃的……尽管这些年对草原实行了轮牧、休牧、禁牧的各种办法,可收效就是不大。羊刨掉了草根,风刮走了地表土,让重见光日的石滩上面再次生出草原来,自然界这样一个自我恢复的周期得让人等多少年,还没有谁看到过。

没有人说得清草场的消失和狼的消失有什么关系。人的错?羊的错?狼的错?草原的错?也许谁也没有什么大的错。自然中生存的手段和欲望无论怎样都不违天道。可有时候,当许多不合时宜的事情在同一个时间段落不期而遇地同时出现,自然就会承受不起。有研究说强大的太平洋风暴可能源自美洲西岸某个人打的一个喷嚏。自然的链条与锁扣博大精深,现在人的逻辑能力还不是什么都可以破解。只是现今确实常常听到一些哈萨克老人开始怀念起狼来了。他们会在一起时偶尔说上一句:"狼可能是对的。"他们说草原也许更喜爱狼。草原有它自己的朋友,只是人没有认识到自然到底在想些什么。对于草原,也许狼就是它的另一种完美。

狼给草原最深刻的记忆是嗥叫。

通常情况下,狼会在它们最活跃的时间段落——日落后和黎明时分嗥叫。狼以嗥叫与同类和世界交流信息。狼的听觉很灵敏,即

使在山区，它也能听见几公里以外传来的召唤。

狼与狐狸是近亲，但狼却极其仇恨狐狸，每见必杀。然而狼即使是在最饥饿的时候，也不会以狐狸为食。

猎人都知道，狼多的时候，就不必防狐狸。

没有鱼的溪水

这是一条没有鱼的溪水。我几次在水静或水深处翻弄石片，只找到一些看上去很原始的小水虫寄附在石头下面。水这么好，为什么会没有鱼呢？可能是因为离源头太近，水太生，还生不出鱼来。但我总还怀着初次的对鱼的等待，对着清净的水湾望。这样的时候，目光会带着我坠入水中，窥探一条溪水里更多的秘密。

溪水的流动恰如小孩子走路，奔跑着，跳跃着，右拐几步，左踢几脚，水就在石下打漩，在石边撕扯，在石上跳跃。我喜欢在远处看着溪水流淌的样子，因为流着的溪水在不停地反光，在阳光下反着银光，夕晖下反着金光，星光下就眨巴着她的俊俏眼光，一沟支离破碎又潺潺不息的光的碎片。我逆水而上时，清亮的溪水与我汇合又别离着。在我还没有找见她的源头时，她已把我的来路翻过，进到我更深的路程里。

一个人，如果一生里能叫一条溪水寻过源头，该是多大的幸遇。

成溪的水流是有形的，曲曲折折地指向她的源头。而一旦真到了泉源地，她就不再把秘密亮出来。一股水流突然地就自你眼皮底下消失了。而与此同时,你掰开近处的一片草叶,那叶在滴水;你翻动远处一块石片,石在渗水;你重重地走几步,脚窝就聚成水洼了。在山的高处,地的底下还有多少草根、石缝无意地就成了溪的源泉,源源不断地供养一条溪水,流淌的生机因此不停息。

我也曾自我生命的源头一路走来,必也有一种源泉不息地供养了我。这一路我没有一刻停止过寻找,那个源头,是个什么? 那供育的流,我怎么看得见? 我怎么走,才能终究在她的流域里而永不干涸?

人生是一条向高处流淌的泉水。那个源,它必是存在的,只是我们走着走着就离失了那片河域,挣脱了那根命脉才会衰老,才会死亡。

这一路上,我都在打听,谁能为我找见那个源头? 朝哪个方向去找? 要翻哪架山,绕哪座林,谁是能指给我的人?

在那里,我会看见生命的形态,命运的形态,今生的形态,不是似水之延绵,不是似风之无驻,不是似山之守固,也不是似草之一岁一枯荣。

我只看见过它是我的样子,你的样子,他的样子,每个人的样子。而那个生生不息又移走在生死之间的生命,是个什么样子? 它不仅仅是一些血肉,血肉只是它的声响、反光、撕扯、跳跃。那血肉的本源,供养了那血肉的泉源,在什么地方?

我深深地以为,肯定有一脉河流,在我的身体里存在着。或者在我的身前、身后、脚下、额头与我相连,至少在我生命的时间里,它是略无停息地联结着我。

方如果,作家,现居新疆沙湾县。曾发表作品若干。

藏北的事情

王　族

班公湖边的鹰

　　几只鹰在山坡上慢慢爬动着。我第一次见到爬行的鹰，有些好奇，便尾随其后，想看个仔细。它们爬过的地方，沙土被它们翅上流下的水沾湿。回头一看，湿湿的痕迹是从班公湖边一直延伸过来的，在晨光里像一条明净的丝带。我想，鹰可能在湖中游水或者洗澡了，所以从湖中出来后，身上的水把爬过的路也弄湿了。常年在昆仑山上生存的人有一句调侃的谚语：死人沟里睡过觉，班公湖里洗过澡。这是他们对那些没上过昆仑山人的炫耀，高原七月飞雪，湖水一夜间便可结冰，若是下湖，恐怕便不能再爬上岸。

班公湖是个奇迹。在海拔四五千米的高原上，粗糙的山峰环绕起伏，而一个幽蓝的湖泊在中间安然偃卧，与苍凉干燥的高原相对比，这个湖显得很美，太阳升起时，湖面便扩散和聚拢着片片刺目的光亮，远远的，人便被这片光亮裹住，有眩晕之感。

这几只鹰已经离开了班公湖，正在往一座山的顶部爬着。平时，鹰都是高高在上，在蓝天中将翅膀凝住不动，像尖利的刀剑一样刺入远方。人不可能接近鹰，所以鹰对于人来说，则是一种精神的依靠。据说，西藏的鹰来自雅鲁藏布江大峡谷，它们在江水激荡的涛声里长大，在内心听惯了大峡谷的音乐，因而便养成了一种要永远飞翔的习性。它们长大以后，从故乡的音乐之中翩翩而起，向远处飞翔。大峡谷在它们身后渐渐疏远，随之出现的就是这无比高阔遥远的高原。它们苦苦地飞翔，苦苦地寻觅故乡飘远的音乐……在狂风大雪中，它们享受着顽强飞翔的欢乐；它们在寻找中变得更加消瘦，思念一日日俱增，爱变成了没有尽头的苦旅。

而现在，几只鹰拖着臃肿的躯体在缓慢地往前挪动，两只翅膀散在地上，像一件多余的东西。细看，它们翅上的羽毛稀疏而又粗糙，上面淤结着厚厚的污垢。在羽毛的根部，有半褐半赤的粗皮在堆积，没有羽毛的地方裸露着褐红的皮肤，像是刚被刀剔开一样。已经很长时间了，晨光也变得越来越明亮，但它们的眼睛全都闭着，头颅缩了回去，显得麻木而沉重。

几只鹰就这样缓缓向上爬着。我想这是不是几只被什么打败，浑身落满了岁月尘灰的鹰，只有在低处，我们才能看见它们苦难与艰辛的一面。人不能上升到天空，只能在大地上安居，而以天空为

家园的鹰一旦从天空降落，就必然要变得艰难困苦吗？我跟在它们后面，一旦伸手就可以将它捉住，但我没有那样做。几只陷入苦难中的鹰，是与不幸的人一样的。一只鹰在努力往上爬的时候，显得吃力，以致爬了好几次，仍不能攀上那块不大的石头。我真想伸出手推它一把，而就在那一刻，我看到了它眼中的泪水。鹰的泪水，是多么屈辱啊，那分明是陷入苦难后的扭曲。

山下，老唐和金工在叫，但我不想下去，我想跟着这几只鹰再走远一点。我有几次忍不住想伸出手扶它们一把，帮它们把翅膀收回。如果可以，我宁愿帮它们把身上的脏东西洗掉，弄些吃的东西来将它们精心喂养，好让它们有朝一日重上蓝天。只有天空，才是它们生命的家园。老唐等不住了，按响了车子的喇叭，鹰没有受到惊吓，也没有加快速度，仍旧麻木地往上爬着。十几分钟后，几只鹰终于爬上了山顶。它们慢慢靠拢，一起爬上一块平坦的石头。过了一会儿，它们慢慢开始动了——敛翅、挺颈、抬头，站立起来。片刻之后，忽然一跃而起，直直地飞了出去。

它们飞走了。不，是射出去了。几只鹰在一瞬间，恍若身体内部的力量迸发了一般，把自己射出去了。太神奇了，完全出乎我的意料。几只鹰转瞬间已飞出去很远。在天空中，仍旧是我们所见的那种样子，翅膀凝住不动，沉稳地刺入云层，如若锋利的刀剑。远处是更宽大的天空，它们飞掠而入，班公湖和众山峰皆在它们的翅下。

这就是神遇啊！

我脚边有几根它们掉落的羽毛，我捡起，紧紧抓在手中，有一种拥握着神圣之物的感觉。

下山时，我内心无比激动。

鹰是从高处起飞的。

醒　来

我在午后醒来。在那一段日子里，我大部分时间都在沉睡。我觉得自己找到了一个好地方，在一个上午，就可以看足那些走动的东西，看到它们在一种幸福中走动。有时候在村口碰上桑卓的妹妹，她的脸上老是挂着快乐的笑容；她的腰身在波动，让人想到水。

那天醒来时，我看见一匹马正在扬着头向我张望。我以为我睡觉的屋子里有它吃的东西，仔细看看却什么也没有。我感到奇怪，走过去细细看它的眼睛，它见我在看它，就把头扭到了一边，但它的目光却盯着前面的一座雪山。我在它旁边站了一会儿，它一直盯着那座雪山一动不动，我有些不解，这匹马不像那几匹马，是藏北的某种象征，它是一匹不出名的马，颜色也有些杂，在平时很少有人骑它，但它这会儿却显得极其庄重，很像一位长者。

我看了它一会儿，便转身走进房子。我住的房子是扎西专门为我腾出来的。房中央是一个火炕，火一直烧得很旺，使我从来都没有感受到藏北的冷是什么样子。烧火的牛粪是桑卓的妹妹送来的，她总是人不到笑声先到，等到走进房子里，我的心已有些醉了。说实话，我爱上了这个让我心动的藏族女孩。她每次带来的牛粪不多，但总能烧很长时间。我觉得这样恰到好处，能够让我把对她的

喜欢藏得深一些,长久一些……这样想的时候,我觉得这个房子是个睡觉的好地方,于是我又倒头睡去。躺下的那一刻,我想看看那匹马是否还在望着雪山,但我已经懒得动了,就犹豫着睡着了。

醒来的时候,可能是一个多小时以后。我是被桑卓的妹妹叫醒的。"快去看看,那匹马奔佛了。藏北已经好多年没有出现这样的事了,终于有了,终于有了。"

我忙问:"什么叫奔佛?"

"你门外那匹马向佛跑过去了。"桑卓的妹妹因为激动,脸上有了一层更加迷人的红晕。

我在心里暗自琢磨,这种现象应该是属于仪轨的,白度母是否用她充满善意的眼睛在暗示那个过程。当那个过程结束,她伸出纤纤玉手,把那匹马牵到自己的身边来,然后让它变成一朵云,一片雪,或者一株没有名字的青草。这么想着,很快就和桑卓的妹妹走到了一座山跟前。很多人都已经出来了,从山脚往山后绕去。我和桑卓的妹妹也立即加入到他们中间。我看见一个老阿妈走得很快,边走嘴唇边蠕动着,非常激动。我已经见过她好几次了,她总是在那块刻有经文的石头边摇着经铃,每天都那样,不管谁走到她跟前,她都不会动一下。但是今天她却变了,好像以往的日子她在沉默,今天终于苏醒了。像她这样的人,一旦醒来就变成了另一个人。人群很快走到了山后,我挤到里面,看到了那匹在中午与我对视过的马趴在地上,身上全是血。它的鼻孔仍微微地一张一翕着,但那显然不是在呼吸,而是死后余息。它的腿全部都折断了,像树枝一样被压在肚子底下。周围一片安静,好像是什么巨大的东西忽然把一切都凝固了。过了一会儿，人群慢慢地转动起来——人们自觉地围着它的尸体转动，起初用低缓的声调吟唱，渐渐地声音就大了起来，再接着，有些人唱了起来，桑卓的妹妹对我说，大家在唱一首春耕歌：

神马啊你的草已经没有了
你的圈已经被风刮走了
你的家还在高高的天上
你不要再在这里受罪了
快快回家去快快回家去
你的阿爸在等着你
你的阿妈在等着你
你只有一条回家的路

　　我听着人们用嘶哑的声音唱出的歌，看着趴在地上的马，回忆着它中午看我时的眼神，以及后来它久久地盯着雪山的样子。我以为那一切都是很平静的，没想到，当我做完一个梦（我记不清我做了一个什么梦）醒来后，它已经变成了另外一种东西。
　　它奔佛了！原来，它在我睡着之后，又望了一会儿雪山，然后就抬起四蹄向它走去。有一根绳子绑在它脖子上，它稍微一用力就把它挣断了。它向着那座雪山狂奔而去。跑到这座山的半中腰时，它看见了山顶石崖上的彩绘佛像，它快速向山顶跑去。山坡很滑，它在一块石头上摔倒，一直滚到了山脚。它挣扎了几下，便趴在地上

不再动了。一个朝圣者把这一切全看在眼里，但他没有停，继续一步一叩头，向着那座雪山行进。这一幕还被对面山上的一个人看见了，他大叫着扑到这匹马跟前，当他看清它已经摔死后，就大叫着跑回村里，把这一消息告诉了人们。

奔腾的那一刻，它是一匹马吗？多少年了，藏北没有出现过马奔佛的事。人们因而都变得有些平静。这种平静换句话说，就是期待……现在，这匹被摔死的马终于使人们发现他们久久期盼的某些东西醒来了。人们都有一种获取了什么的幸福感。那位老阿妈伏下身子，用手一下一下地抹着马身上的血。马身上的血慢慢被她抹干净了，而她的手变成了红色。她高兴极了，举起双手狂舞大叫。她好像变得轻了，想要飞……

黄昏，人们兴高采烈地往回走。我想着这匹马在中午与我对视的神情，以及后来久久凝视雪山的模样。不知为什么，我的心中一直被这几个画面占据，不停地闪现着，重复着……"在我的睡眠之前，它就已经出现了，只是我没有认真留意而已。"——有时候，伟大的东西在梦想之前就已经出现了！是这样的。我停下脚步，注视着从身边走过去的人们。

我觉得他们很像那匹马在中午的样子。

不疼与疼

傍晚的时候，那群朝圣者围着玛尼堆转了一圈，然后一起抬头望着只留下丝丝余晖的天空。他们就那么久久地望着天空,似乎害怕自己被丢弃,从朝圣者的队伍中掉队。

大概半小时后,他们把身上的东西卸下,整整齐齐地放在那棵柳树下,然后开始生火做饭。这是一个朝圣集体,可以看得出他们中间有专门负责生活的人,所以很快炊烟就升到了天空中,一丝丝羊肉的香味传了过来。我注意到了他们中间的一个女人,她看上去有三十多岁的样子,一条粗壮的辫子拖在身后,都快到大腿的地方了。与众不同的是,她把一只搪瓷碗用绳子串起来,挂在了腰上,那只碗白晃晃的,她走到哪里,那缕白光就闪到哪里。

这时候,所有的人都要不时地抬起头来望望天空,把夕阳残留的那些余晖盯上几秒钟。而她从来没有那样做,好像根本想不起似的。她在人群中来回穿梭着,脸上的表情一直很麻木。从远处看,她与那群朝圣者有些格格不入。

饭很快就做好了。她从腰间解下那只碗,慢慢地舀了一碗饭。我注意到,她舀饭时整个表情依旧很麻木。她端着饭站起身时,不小心摔倒了,碗里的饭泼到了她手上,甚至脸上也有不少。但那一刻她依然表现得很麻木的神情更让我吃惊,她好像没有发生什么事似的,用两只手交换着把手上的饭抹去,又去抹脸上。那些饭是刚出锅的,肯定很烫,但她看上去毫无知觉,等她把手和脸上的饭全部抹掉,我发现她的那些地方已经起了水泡。那些水泡明晃晃的,在傍晚的光亮中很显眼。好几年过去了,直到现在,当回忆起那些明晃晃的水泡,我感到我的心还像当时那样发悚,但是那天她好像一点都不疼痛,她唯一的反应就是觉得倒出的那碗饭有些可惜,于是

　　她蹲下身子,把那些饭用双手捧起,一点一点放回碗里,然后倒进了旁边的一个马厩里。

　　次多不知什么时候也来到了这里,他对我说:"她失疼。"

　　我问:"什么叫失疼?"

　　"她可能在朝拜的路上已经时间长了,得了常人难以想象的风寒,身体被冻坏了,没有了疼痛的感觉。"

　　"她怎么不吃药治一治呢?"

　　"朝圣者眼里只有一条长路和走路的双脚,哪能去治病啊。所以你看那些路上的尸骨,都是在朝圣中被冻死或者得病死的。"

　　她从我和次多面前走过,又去盛了一碗饭,安安静静地吃了起来。黑夜已经拉开了帷幕,她蹲在那里,变成了一团黑影。

　　远处在这时候传来一阵喧哗,是一群牦牛踏着暮色向远处走去。牦牛是藏北动物中的大力士,它们走动的时候,高原在它们坚硬的蹄下发出清脆的声响,从远处看,它们恍若一团飘忽的黑影,似乎把高原也托了起来。大家不约而同地望着一团移动的黑影,周围变得喧闹起来。

　　一只狗被牦牛的叫声惊动,从还在吃饭的那个女人身边跑过。狗不经意地把她撞了一下,她有了反应,放下碗朝着大家正在观望的方向望去。但她很快就有了一种反应——她把碗放在地上,高高地举起双手,然后双手合十,五体贴地。她的头重重地磕在地上,发出一声闷响。过一会儿,她站起身,望了望移动的牦牛群,又俯下身子,重复着第一次的动作。

　　"静拜!"次多叫了一声。

我小声问次多："什么叫静拜？"

"就是在原地不动，重复着朝拜！"

她还在"静拜"，一次又一次。牦牛群渐渐远去，而她却停不下来。她的头一次次磕在地上，发出一连串闷响声。我知道她这时候是感觉不出头磕在地上时的疼痛的，但她心里一定有很疼的东西，否则她不会那样认真静拜的。她的头为这个夜晚磕出了唯一的声音。过了一会儿，山上的寺庙里传出一声钟响，她停了下来。我看到了她的激动，那种激动是从眸子深处流露出来的，她的嘴唇和面部没有常人激动时能流露出的那种蠕动，但目光里却全是那些东西。

这时候我还发现她的双手流着血。那些水泡在她刚才静拜时被磨破了，流出了骇人的血。她对那些血全然不顾。实际上，她因为失疼对血毫无感觉，血流出时并没有给她带来疼痛。但她的举动让我觉得她的心是疼痛的，那种疼痛从她心里一直涌向双眸。

夜色很快就笼罩了一切。

我和次多原以为，他们会休息一夜，明天再上路，然而出乎我们意料的是，他们很快就收拾好行装，又向前走去。那个女人夹杂在庞大的朝圣队伍中，很快便无法分辨出哪个身影是她。不一会儿，他们就走远了，与夜色融为一体。

我只记住了她的失疼与疼痛。这两种东西来得太快，又完全是意料之外的，所以我有些茫然，甚至觉得我并没有真正认识一个朝圣的女人。我不知道她的不疼与痛还会在什么时候出现。

只有一条黑暗中的朝圣路留在了我心中。

经幡沉入河水

谁会想到呢,我刚走到河边,就看见一块经幡从那根绳子上掉下来,被风吹着在空中飘动,那些经文一会儿被阳光照亮,被我看得清清楚楚;一会儿又翻到背阴处,什么也看不见。我敬重刻在那上面的文字,所以,看着经幡在空中翻转,我的心很疼。一阵大风吹来,那块经幡被吹入河中,在水面上漂着。

一个喇嘛站在我身边。他跟我一样,把刚才经幡被吹落的情景看得清清楚楚。在经幡落水的那一瞬,他的脸色骤变,双眼痛苦地闭上,赶紧双手合十,念起了我听不懂的经文。念了一会儿,他转身走了。

我不知道他为什么转身离去。也许是看到了苦难,也许是看到了幸福。我想到天性——在藏民族的天性中,许多东西都阐之未尽,接触世界这条河水,哪怕是清水,也会不由自主被濡湿。我已经见过不少这样的藏民,我发现,信佛的他们,思想却向列子靠近。

这时,那块经幡已经湿了。它几乎没有什么选择的余地,被不温不火的河水弄湿了。而它看上去像个极其困乏的人,伸直了懒腰,躺在水面上。

一个人其实也是一块经幡,迟早要落入世界这条河水,变湿,变软。六世达赖仓央嘉措是活佛,但他又是一个"神魂颠倒"的浪漫诗人,也是一个按捺不住心中的那只"蜂儿"的情圣。他为了心上人,曾写下大量的情歌:"对她一见钟情,夜里睡不着觉;白天再见无缘,使我神魂颠倒。""鲜艳的大力花儿,若用作佛前供品,请把年轻蜂儿,也带到佛堂里去。"仓央嘉措的风流浪荡是无拘无束的,藏民也对他表示出了极大的宽容。后来,他为了获取自由,以自杀威胁"第巴"桑结嘉措,"不自由,毋宁死"。再后来,随着佛教内部发生叛乱,仓央嘉措既无法获取自由,也无法再主持西藏佛教,终于在二十四岁那年遁入民间,从此不再露面。从此,他的情和爱随之也不被外人所知,尤其是六巴族人对他的敬仰,也终于像一叶飘落的经幡,落入混沌人世的河水里,不知去向……今天,当我们想起这位敢爱敢恨、视一切名利为虚无的活佛时,只感到他留下的那些情歌是那么美:"对活佛仓央嘉措,别怪他风流浪荡。他所寻求的东西,和别人不无两样。"只可惜他二十四岁就在一个过早出现的结局中永远遁入民间。他曾反抗过,甚至要放弃一切,只去爱自己的心上人,但都没有成功。最后,这位可爱的活佛也终于被他命运中的河水淹没了……

我所认识的另一个藏族朋友尚好,为了去拉萨与他的姑娘见面,任何东西都磨不平他的意志。他把一切都放弃了,最后被定为地位最低下的"强巴"。他过了一年艰辛的生活后,做苦行僧去了拉萨。他可能会找到那位姑娘,但最低下的"强巴"和苦行僧的身份注定了他一辈子都要吃苦。

敢为信念付出一生的人在西藏太多了,但他们的宿命却都是一

样的,对现实放弃、放弃、再放弃;对精神追求、追求、再追求。我的心隐隐作痛,人是不可以没有精神的,然而,人只要精神,他的命运又会如何呢? 我在内心为仓央嘉措叹息。

一阵风吹来,我感到些许微凉。那块经幡已经吸足了水,开始左右摇晃,有些要坠下去的样子。它坠入河中,在水的深处,一定又会吸更多的水。然而,这又意味着什么呢? 又一阵风吹来,我想起了曾在这条河的上游看到过的一幕——那天的风也像今天这样刮着。我骑着那匹有气无力的老马向门士走去。转过一个山岗,我看见一个藏族老头跪在地上,向着冈仁布钦的方向在叩头。他的帽子在一次叩头时掉了下来,他捡起来戴在头上,但叩下一个头时帽子又掉了。他把它捡起来,烦躁地在手上拿了一会儿,放在了身后的一块大石头上,然后,他接着叩头。过了一会儿,一场大风忽然刮起,他的帽子被风刮走,老头有些吃惊,起身追到山谷边,却早已没有了帽子的影子。他懊丧地哭了。他满脸挂着泪水,在山边徘徊,久久不肯离去。我无法再看下去了,默默离他而去。我在想,老头其实就在帽子被风刮进深谷的一瞬,被什么淹没了。即使他伤心地流下泪水,也只能算是一种挣扎,而这种挣扎几乎是徒劳的。

一个人在生命的河水中被浸得越透,他的灾难就越深,就要在肉体上承受太多的磨难。而由于他心中的向往与久久不曾改变的梦幻早已交织在一起,所以这种磨难几乎像把经幡刮入河中的风一样,无声无息,没有一点声响,但却不易改变。所有的人从内心和肉体都不会发出声响。"肉体"在这时是真正的无形的东西。拉丁文里有个词"Corpusdrlieti"意为"身体、肉体",与"苦难"同义,可见罗马人对肉体的深刻认识与敬重。

我只能为仓央嘉措、那位喇嘛和那个老头暗暗地叹息。他们的天性都已经被苦难改变,而他们别无选择。

那块经幡已沉入河底!

王族,作家,现居乌鲁木齐。主要著作有散文集《图瓦之书》、《兽部落》、《逆美人》等。

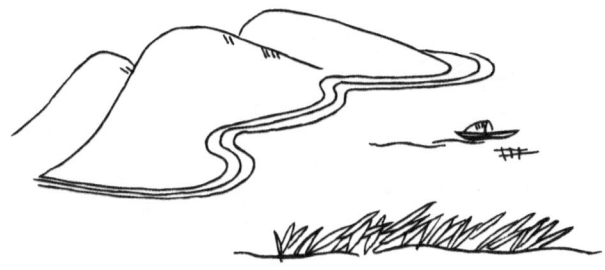

植物其人

虫天记

卧铺票

植物其人

单正平

一个年轻妈妈转述她四岁女儿的妙语:"妈妈,你说花朵是植物,狗狗是动物,那我是什么?"妈妈反问:"你说呢?"女儿昂然说:"我就是人物嘛!"这个小孩子说了个简单的真理。地球上的生命,不就是植物、动物和人物吗?奇怪的是,植物、动物都是极大的类概念,人物,却只是人这个类概念中很小的一部分。人物者,非一般人之谓也。前工业社会里,人和植物、动物打交道的频繁程度,大约要远远超过和人自己打交道。交道打多了,免不了要拿自己和草木禽兽做比较,打比方。时间一长,植物动物就深深影响到我们对自己的认识定位。《新华字典》收常用汉字大约 12 000 个,而《现代汉语词典》里草、木、竹三个部首的字将近 1 250 个,占常用

汉字的十分之一。开口说话，不离草木，恐怕不能说是夸张之词。但与动物有关的字眼则相对少，而且多带贬义，《现代汉语词典》里的反犬、鸟、虫、鱼四大部首的字总量大约是 650 个，差不多是植物的一半。

中国古人为什么重植物而轻动物？根本原因可能有二。其一是，华夏族很早就进入农耕社会，植物的重要性大于动物。就中国历史而言，神农尝百草的重要性，显然要超过黄帝率百兽战胜蚩尤。其二是，先秦时代，尚未有神龟、仙鹤这些长寿动物的说法，在孔子的时代，树木寿命超过人与动物，应是一般的认识。既然长寿是中国人生命价值的基本尺度，则长寿的树价值高于短寿的兽，就是很自然的判断了。"树犹如此，人何以堪！"正是感叹人不如树的经典表达。现代科学研究表明，植物尤其寒温带的高大乔木，通常寿命可长达数百岁，最长寿的美国加州巨杉，树龄逾三千年。而一般动物的寿命，不过几十岁，现今世界上最长寿的动物，是一种名为"明"的蛤类，但也不过四百岁。

古人对自然的态度，有将其伦理化的习惯或倾向。也就是学者通常所说的"自然伦理化"或"比德"说，诸如"智者乐水"、"仁者乐山"之类，都是如此。但自然的概念太大，日月星辰，风雨雷电，山水云雾，说起来太复杂。在我看来，就中国文化而言，就儒家意义上的世界观、人生观而言，人与自然的关系中最直接、最重要的就是与植物的关系。这个关系可以具体表述为人格植物化，或植物人格化。

植物与人性

古人早就拿植物比拟人性。孟子和告子争论人性，告子说："性犹杞柳也，义犹桮棬也；以人性为仁义，犹以杞柳为桮棬。"（《孟子·告子上》）董仲舒说："性比于禾，善比于米。米出禾中，而禾未可全为米也。"（《春秋繁露·深察名号》）这是从根本上把人植物化的一种思维习惯。总体上看，中国人更喜欢从正面意义上把人比作植物，从负面意义上把人比作动物。说孔子是参天大树，人们绝对没意见；说他像条狗，公众意见就大去了。

从屈原开始，中国人就喜欢以植物比喻人的德行品格。"扈江离与辟芷兮，纫秋兰以为佩"，"朝搴阰之木兰兮，夕揽洲之宿莽"。到后来，松梅竹兰，无一不是君子的象征。翻开文学史、绘画史，满篇都是香草美人的比兴象征，多到令人生厌，不说也罢。

植物常用来喻人的形象和风神气度之美。《世说新语》形容男人："蒹葭倚玉树"，"岩岩若孤松之独立"，"濯濯如春月柳"，"神姿高彻，如瑶林琼树"。杜甫总结得好："皎如玉树临风前"！树而且玉，而且临风摇曳，这样的人该是个啥样子，还真难想象。拿古希腊写实的人体雕塑与此相比，可见中国人对人体美的认识是多么植物化。男人身体是树，女人身体更是草木，此类比喻浩若烟海。较早的是曹植写洛神美女："荣曜秋菊，华茂春松"、"灼若芙蕖出渌波"。比较晚的《红楼梦》，干脆把林黛玉的前世定为一株仙草。当然，人病了也拿树作比："病来身似瘦梧桐，觉到一枝一叶怕秋风。"（蒋春

霖《虞美人》

　　甚至男欢女爱也要用植物形容。词人张先，八十岁白发苍苍娶十八岁小妾。苏东坡调侃他："鸳鸯被里成双夜，一树梨花压海棠"。枯木逢春，老树新花，梅开 N 度的老少配，如今已经罕见，杨振宁先生可算一例。文怀沙老身边常有美女随侍，篡改东坡诗形容也很贴切：大师小鸟相依偎，一树梨花傍海棠！古人比拟两性关系，照顾到植物动物两面，在天比翼鸟，在地连理枝，最为准确。同种植物两性交接，除非雌雄同体，一般没有"身体"接触，传宗接代须以蝴蝶蜜蜂等昆虫和风为媒，故植物形象、姿态一般不能动人"性思"，尽管不少植物可做性药。较之梨花压海棠之纷乱煞风景，客家山歌的树藤之喻就贴切生动多了："山中只见嘞藤缠树哇，世上哪有树哇缠藤，青藤若是不缠树哎，枉过一春又一春"，"入山看到藤缠树，出山看到树缠藤。藤生树死缠到死，树生藤死死也缠。"前一段还有男权主义的嫌疑，后一段就扯平了，作为女性象征的藤，在这里显然获得了主体性。三十多年前的诗人含蓄很多。舒婷《致橡树》最有名的诗句："根，紧握在地下，叶，相触在云里，每一阵风过，我们都互相致意。"类似潜伏地下的间谍，重要的、实质性的联络纽结隐蔽不为人见，大家看见的只是公开场合保持距离的寒暄客套而已。

植物与理想

　　中国古人有两大美梦，都离不开树。一是理想社会，陶渊明把它安排在桃花林中。一是理想人生，李公佐把他设计在大槐树上。这两大理想是士大夫或精英阶层的想法，太高级，很奢侈，不大现实；他们能实现的愿望是采菊东篱下，悠然见南山，是独坐幽篁里，化入"明月松间照"的禅境。或像魏晋雅士，坐在竹林里喝酒而成为著名的七贤。普通百姓活不下去了，就去"落草"，做草莽英雄，绿林好汉，啸聚山林。大块吃肉，大碗喝酒，大秤分金银，再加上一个大胆抢压寨夫人，就是他们的理想生活了。

因此之故，过去男人选择花花草草林林森森作名字很普遍。我外祖父两兄弟尊讳桂芬、桂芳。近代名流如沈桂芬，冯桂芬，李鸿藻，伍廷芳，华蘅芳，都是显例。北洋总统徐世昌号"菊人"，取人淡如菊之意。抗战时期国民政府主席大名林森，自号"青芝老人"。大学者冯友兰，字芝生，书斋号"三松堂"，真是太喜欢植物了。学者作家的著作，其性质在很长一段时间里，就是香花毒草两大类。奇妙的是，同一著作，今天是香花，明天就成了毒草，后天毒草又成了重放的鲜花。这种变化之难以索解，有点像刘谦的魔术。世界上有没有集毒草香花于一身的植物？有，罂粟就是。可惜，因为毒品的缘故，那么美丽的罂粟花，我们一般人现在看不到。

当然也有不会变为毒草的，郭沫若响应百花齐放的号召，1958年写了百首诗歌颂百花。其中的《水仙花》写道："碧玉琢成的叶子，银白色的花，简简单单，清清楚楚，到处为家。我们倒是反保守、反浪费的先河，活得省、活得快、活得好、活得多。人们叫我们是水仙，倒也不错，只凭一勺水、几粒石头过活。我们是促进派，而不是促退派，年年春节，为大家合唱迎春歌。"历史上以花喻人的诗少说上万

首，大众化、政治化、革命化到这等境界则未尝见。突然想到，前几年热议的"梨花体"，原来并非新发明，沫若先生早着先鞭矣。而沫若先生也非"梨花体"最早的发明人，那顶桂冠其实应该戴到胡适先生头上才合适。他的《尝试集》里有首诗《乐观》，前两节是这样的："这株大树很可恶，他碍着我的路！来！快把他砍倒了，把树根也掘去，哈哈！好了！大树被砍做柴烧，树根不久也烂完了。砍树的人很得意，他觉得很平安了。"假如我们把这树当成中国古文学的象征，则这两节简直就是《文学改良刍议》的"诗性"表达了。

植物与教育

中国人一出生，就成了"苗子"，屈原《离骚》第一句就显摆自己是"帝高阳之苗裔"。王莽篡汉，先造舆论说自己是虞帝之苗裔。我们看见聪明伶俐的孩子就说是个好苗子，以前要是出身工人贫农家庭的孩子，还会赞美他根红苗正。网上查了查，世界上好像还没有红色根须的树，埋在土里而块茎为红色的，大概只有几种萝卜和红苕。工农家庭就是萝卜红苕？好像也不对。苗的用法很霸道，雏鸡雏鸭叫鸡苗鸭苗，猪崽小鱼也叫猪苗鱼苗，生生把动物比喻成植物。人更是如此了，幼儿园、小学乃至中学就是苗圃，教师就是园丁，孩子自然是草木花朵；教育就是施肥除草，修枝剪叶，称为栽培。

古人有"揠苗助长"的寓言。若做现实主义理解，那个农夫估计是没有多少肥料，又等着收成，所以着急。现在苗圃里的园丁们不揠苗,但猛施肥,让孩子往死里学。前些日子河南三门峡市教育部门从山东取回真经,为了提高学习效率,要求学生调节自己的生物节律,课间不要上厕所,以充分利用时间。孔子若地下有知,肯定会说,是可忍,孰不可忍!

如今中学生动辄有自杀的,发生心理疾病的据说有百分之三十。假如生病而不能痊愈,正当美好少年却成了废人,那就是孔子说的"苗而不秀"——发芽成长了却不能开花抽穗。大学生毕业即失业,原因之一是他们没学到真本事,无所作为,那正是孔子说的"秀而不实"——开花抽穗不结果!

孔子他老人家教孩子是很随便的,估计是坐在杏树下,一边摘杏子吃,一边讲讲坐卧吃喝的规矩。所以他上课的地方才叫杏坛。孔子决不会做揠苗助长的蠢事。今天教师人人知道这个道理,但人人都在干孔子反对的事情。抗战早期的《毕业歌》唱道:我们今天桃李芬芳,明天是社会的栋梁。现在北大有首歌(别名《燕园情》),很没出息地重复了那首老歌部分意思:"我们今天东风桃李,用青春完成作业;我们明天巨木成林,让中华震惊世界。"后两句未免有点过于自大。而且,花朵忽然变成栋梁,是不是太快了点?二十九岁的清华硕士当一个县级市长,舆论沸反盈天,根本原因是大家认为他升得太快,因此可疑。古代有甘罗十二当宰相的美谈,但甘罗好像没有谁栽培提拔,人家那是天才,不是人材。古人说了,十年树木,百年树人。人生七十古来稀,假如百年树人,那得有彭祖的寿数才有意义。可见百年树人另有意思。老话说了,三代才能培养一个贵族,意思是,一个人真正成材要靠祖辈父辈的庇荫、教育,而成了材

的人最渴望做的事情就是封妻荫子。但君子之泽，五世而斩，普通人祖坟上的大树，能长百年不遭砍伐，已经罕见了。只有帝王、贵族的祖坟一般会保持比较久。史上最牛的祖坟是孔林，从子贡为孔子庐墓植树到现在，孔林发展到占地三千亩、古树上万株的规模。树荫大，后代自然多而有福，所以孔子的后代就有衍圣公的头衔。

植物与人生

　　苗子可以是草苗，也可以是树苗。树苗有成为君子、栋梁、圣贤的可能，草苗长到老也还是草。中国人心目中最大的人材，就是"国之栋梁"。从概率看，栋梁是很少的，全国叫国栋、国梁、国柱的男人我估计至少有一百万，能当总理部长的有几个？万分之一的概率也没有。更多的人能当个椽子就不错了。但木秀于林，风必摧之。以现代圣人自居的康有为，当年在广州创办学校名曰"万木草堂"，他才华出众的诸多弟子是"森森万木，松柏豫章"。戊戌变法失败逃亡日本后，康有为感叹他们"摧残于疾风，峻折于暴雨……锄之伐之，拽之曳之，萌芽将披，又践绝之……荒僵支离，生气惨凄，已为枯木之枝哉！"（康有为《木堂记》）。

　　科举毁人，政治毁人，战乱毁人，和平年代的种种疯魔也能毁人无数。一棵树，即使没有被风摧，当了椽子，而出头的椽子先烂，还是有问题。所以成不了栋梁的人，干脆也不要当椽子，做杂草乱木最好。人生一世，草木一秋，对付着过，快快乐乐，草草了事算了。

这是那些经历了太多磨难与恐惧者的经验之谈？还是一种历史悠久有本土特色的犬儒主义？

以小草命名的歌曲有多首，其中最著名的一首唱道："没有花香，没有树高，我是一棵无人知道的小草，从不寂寞，从不烦恼，你看我的伙伴遍及天涯海角。"你看多踏实，而且开心。另一首唱道："别笑我小，别笑我孬，风吹雨打之后依然不倒，动荡的大地之中落地生根，苦难的时代之中不屈不挠，小小的草志气不小，风雨之中任我招摇……千秋万世任我风骚。"岂止踏实，还要风骚呢！然而小草有时也让人迷糊。雷抒雁赞颂张志新烈士的名作《小草在歌唱》就如此。张志新到底是大树还是小草？雷抒雁自己说："我选取了小草来写她。草的柔韧、纤细、秀美，使我感到它更适合一个美好的妇女形象。野火烧不尽，春风吹又生！那个时代，人民也只有草的命运，却也有草的品质。"（《英雄和英雄的乐章》）确实不错。但诗里写道："我们有八亿人民，我们有三千万党员，七尺汉子，伟岸得像松林一样，可是，当风暴袭来的时候，却是她，冲在前面，挺起柔嫩的肩膀，肩起民族大厦的栋梁！"且不说雷先生有无犯男权主义的错误（男人松林女人草），他把小草和栋梁统一在张志新身上我就以为不妥。张志新若真是栋梁，她的牺牲当导致大厦倾覆，但没有。她就是一棵知疾风的劲草。劲草也不能扛住将倾的栋梁啊。正因为她是小草，才被轻易杀戮。草菅人命，人命是草，才能被菅。明明是草，却许以、期以栋梁，浪漫得接近欺骗。也难怪雷先生。当年"文革"初起，红卫兵小将不就是以天下为己任，将世界真当成自己的吗？他们豪情万丈地宣言："我们不说谁说！我们不干谁干！我们不闯谁

闯！""沉舟侧畔千帆过,病树前头万木春!"脑袋长在别人项上,小命
攥在别人手里,还自以为真能主宰世界沉浮。这就是悲剧所在。梁
漱溟先生抗战期间逃亡中遇日机轰炸,甚危。梁先生暗暗告诫自
己:我不能死,死了中国咋办——其奈中国何!梁先生的襟袍比红
卫兵小一点,后者是以解放全世界为目标的。但梁先生身外没有权
威,他就是他自己的权威。这样自做主宰的"狂妄自大"是可敬的,
这样的人才是国家的真栋梁。

植物与主义

关于小草的歌唱,集中在"文革"以后出现。开始觉得奇怪:到
了思想解放的年代,小草歌为何大行其道?近日突然"开悟"。旧小
说戏曲里百姓见官、上衙门,他们的自称不是小人就是草民,没有别
的自我定位。这个定位的源头可以追溯到孔子的时代,《论语》里
说,"君子之德风,小人之德草",这大概是最早以草比喻小人的经
典。从那以后,底层的最普通的老百姓就成了草民,上层社会的君
子圣贤则是大树栋梁。这个观念到现在也仍有遗存:台湾同胞把底
层民众称为草根,大陆文化人借用此语发展出了"草根诗人"、"草根
诗歌"的概念。百年现代化以来,小人、草民两个词产生了生物变
化,像基因重新搭配一样,"人"与"民"被抽出来组成一个新词,高高
供在了庙堂上。剩下的"小"与"草"联合起来,成了指代百姓的标准
符号。这就是文化的继承与发展?百姓是小草,而在深圳海事局长

这样的官老爷眼里，小草"算个屁啊"！

小草的自我意识和官员对小草的态度，从两方面构成了一种中国特色的，与人本主义不同的价值观，我把它命名为草本主义。公式如下：

我是千秋万岁逍遥风骚的小草＋你算个屁！＝草本主义

真正草本主义的宣言，我觉得可以如此吟唱：

躺倒，不愿做主人的小草，把卑微的我们，想象成高贵的大佬，在黑暗降临时刻，高唱东方欲晓。

躺倒！躺倒！中国小草到了最幸福的时刻，每根草正摆出最性感的姿态，骄傲宣告，暴风雨，你来得更猛烈些吧！我们要以细嫩的身躯，向你撒娇，我们要以真诚的表白，把你骚扰！

如果要给这宣言加一个学术化的命名，那就是：中国小白领大众版犬儒主义。

植物与人材

回过头来说。就算人人有成栋梁的机会，还要看树种。庾子嵩评价和峤："森森如千丈松，虽磊砢有节目，施之大厦，有栋梁之用。"（《世说新语·赏誉第八》），差一点的也能凑合，"新蒲新柳三年大，便与儿孙做屋梁。"（龚自珍《己亥杂诗》）速生的白杨树，七八年树龄

就可以做檩条,但不结实。一般树木没有这幸运。古人就认为槐树和臭椿是所谓无大用的"不材之木"。生长缓慢的树种一百年未必成材,以最珍贵的海南黄花梨为例,百年大树,能取出直径五公分的有用材料就不错了。但树龄大未必有用,三亚南山一带海边山上遍布龙血树,树龄超过一千年不稀奇,别名不老松。这种树所以长寿,是因其材型太小,质地太差,无法当木材使用,不要说栋梁,当柴用估计燃烧值都不高。这就符合了老子"无用之用,是为大用"的道理。但站在孔子立场看,龙血树简直和不可雕的朽木没有多大差别。一般认为孔子说的朽木是腐朽、不求上进的意思。南怀瑾《论语别裁》有不同说法,他认为孔子很同情爱护他的学生,不会随便骂人。朽木、粪土之墙,都是说宰予身体不好,不能承担繁重学习劳作。这是南老先生对孔子的同情之理解,还是确该如此解释?请俟高明。《太平广记》卷 415 有个故事说:唐顺宗时,书生贾秘上京赶考,路遇松树精、柳树精、槐树精、桑树精、枣树精、栗树精、臭椿树精,它们向贾秘表白,各有所长与用途,不可仅凭是否栋梁之材来衡量其价值。可惜到如今,我们的人材选拔考核体制,特别是考试制度的设计理念,仍未达到唐代树精的认识水平。

　　人成了材还不行,材成为器才算数。如何成器?荀子说得清楚:"木直中绳,𫐓以为轮,其曲中规,虽有槁暴,不复挺者,𫐓使之然也。"(《荀子·劝学》)材被𫐓成器,这个𫐓字最妙,包含用工具捶打、用水浸泡、用火熏烤的种种手段。制木器如此,制皮革也如此,也叫𫐓。𫐓也者,将硬物弄软、直物弄弯、生瓜蛋子整熟之谓也。我小时候家长教训恫吓孩子的厉害话就是,看不熟你的皮!熟皮的真实含义就是捶打。总之，人像木材一样，弯木可以裁直，直木可以鞣曲，圆木可以割方，方木可以削圆，几乎可以随心所欲，为我所用。由木而材，由材而器，就算完成了人的栽培鞣制。我们说一个人不成器，就是说这块材料没有加工好。但谁来加工，如何加工，通常是语焉不详的。

成不了器的人材，有时就成了骂人的话。1988 年十万人材下海南，海口满街都是人材，人材就成了大陆新移民的代称。人材们找不到工作，到处游荡，自然也有滋事的，本地人看不惯了就骂一句：看你那人材样！这些人材中就有一个教育学硕士老周，他看不惯也不能忍受现实的教育体制，让上初中的儿子回家，自己来栽培。他的栽培失败了。失败的老周还写了一本书，《我养你到十八岁》，讲他的教育理念和与儿子的冲突。老周失败的基本原因，我觉得可能是他想用栽培植物的办法来养动物。他既要儿子服服帖帖，有点水喝，给口饭吃，就应该老老实实接受老子的一切训示，包括暴力惩处；但又希望儿子充满野性的活力和创造力，成为鸡群中的鹤，羊群里的狼。这样矛盾的心态不止老周一人。我们无数做父母的，其实都希望在苏州园林式的苗圃里，栽培鞣制出美洲草原上彪悍生猛的蛮牛。这可能吗？

植物与政治

冯友兰的时代已经不讲君子品格了，但忠臣的美德还是要大讲

特讲,杜甫的名句"葵藿向太阳,物性固难夺",就被改造活用,上世纪六十年代流行歌曲《社员都是向阳花》唱道:"公社是个红太阳,社员都是向阳花。花儿朝阳开,花朵磨盘大。"后来红太阳变成了毛泽东,歌词也就成了"北京有个金太阳,照得大地亮堂堂"。"文革"最流行的歌曲《大海航行靠舵手》如此唱:"大海航行靠舵手,万物生长靠太阳,雨露滋润禾苗壮,干革命靠的是毛泽东思想。"太阳又由人变成了思想。这时候园丁基本不管用了,植物只要有太阳照射,就可以生长得很好了。这样的植物显然只能是野生植物。热带雨林里有植物彼此绞杀的生态奇观。红卫兵就类似这些野生的植物杀手。他们可以随便揪斗高官名流,抄家劫舍,打杀无辜,而无人敢管。到了这个份上,被红太阳注入太多荷尔蒙的植物们就比北美草原的公牛生猛多了,他们大约是一种特殊的食肉草吧。

太野性的植物有可能犯个人主义和自由主义的错误,因此并不受园丁的喜爱。集体主义精神倾向于选择这样的象征:"公社是棵常青藤,社员都是藤上的瓜。瓜儿连着藤,藤儿牵着瓜。藤儿越肥瓜越甜,藤儿越壮瓜越大。"现在人民公社这条藤死了,瓜儿们还活着;尽管活得不尽如人意,但比固定在藤上好点——能吃饱肚子了。而且,没有藤的时代已经二十多年,瓜的后代也繁衍上亿了,他们没有了藤究竟是如何活的,是变成了流浪的动物呢还是可以迁徙的植物,没见有贴切的新比喻。

植物一经落地生根,就不能自由移动。生长的地方没有水,你得干死;没有阳光,你得荫死;发了火灾,你得烧死;来了洪水,你得淹死;冰雪灾害,你得冻死。旅美散文家王鼎钧说,"树是没有脚的","它们的传统是引颈受戮,即使是神话作家也不曾说森林逃亡。"(《那树》)动物就不如此被动,它们可以自由迁徙去找食物,找水源,找太阳晒,躲火灾,躲洪水,避寒趋暖。有一首语录歌是这样唱的:"我们共产党人,好比种子","我们到了一个地方,就要和那里的人民结合起来,在人民中间生根开花……"现在反过来了,一个官员到了某地,就要和那里的商人结合起来,在商人中间生根开花,形成盘根错节的势力,搞起腐败来可不得了。所以现在推行干部交流制度,防止他们扎根太深,根深叶茂,本固花荣,发展到难以斩除的地步。

植物与移情

中国人安土重迁,这当然与土地私有有关,与农业耕作有关,也与植物其人意识有关。我们比较担心迁徙后的水土不服。橘树长在南国,得到屈原的赞美;由淮南移到淮北,就发生变异成为枳,叶相似而味不同。动物可能也有水土不服的问题,但相对要轻很多,藏獒到海南热得难受,但还能活,雪山上的雪莲种到三亚,肯定热死无疑。三十多年前第一次出远门读书,去向儿时的奶妈告辞。她老人家到地头薅了一把地焦子(一种野草),院墙外抓把干土,包起来说,你到了学校泡水喝,能治水土不服。我没敢喝,怕大城市同学笑话;当然,我也没水土不服。虽然动物有比较强的适应性,用植物人的意识看,它们也会水土不服。"胡马依北风,越鸟巢南枝。"鸟兽的

怀念家乡,其实就是水土不服的具体表现。

阿城旅居美国多年后有研究结论,说旅居海外的中国人之所以特别想念家乡,就是水土不服——吃不惯外国饮食。因为食草类的中国人肠胃里有若干特殊的酶,这种酶只有吃中国菜才能分泌;吃不到中国菜,牛肉奶酪不能分泌那些酶,身体就不舒服;不舒服就本能地想家。而且年龄越大,思乡越切。所谓"莫道桑榆晚,回乡少年狂"。阿城用科学态度把怀乡病解构为生理问题。如果他的看法是对的,是否可以推出如下结论:旅居海外中国人的桑梓情怀,将随着海外中餐馆的大量开张而逐渐消失于无形? 至少现在,叶落归根,还是多数中国侨民的最终愿望。但是若故乡这个大树根下,已没有青苔小草蘑菇,没有蚂蚁蚂蚱蝴蝶,没有牛粪蜂蜜花椒的味道,只有丑陋的水泥堆砌,甚至大树本身已经枯萎或被砍伐,"树伐社亡"(《世说新语·方正第五》),一片老树叶落在这里岂不更凄惨更悲伤。王鼎钧写了许多怀念故乡的精美散文,情感浓烈,但他本人拒绝回故乡山东兰陵。因为现实意义上的故乡已变成"完全陌生的村庄,是我从未见过的地方"。回乡只不过是由"一个异乡到另一个异乡"。"只要我走近它,睁开眼,轰的一声,我的故乡就粉碎了"。在通达的人看来,树叶落在哪里也是落,有啥区别? 故乡? 王先生说:"故乡是祖先流浪的最后一站!"

据现在的研究者说,植物有自己的感觉,甚至可能也有自己的感情表达,但很显然,植物的感觉和表情即便有也是极其节制的、有限的,无法跟动物比,因此我们一般不在意植物的表情如何。同样道理,栽培花朵的园丁们自然不大在意学生的感受如何,只要他们保持肃静听讲，接受栽培灌水就行了。这是对花草的要求，不是对阿狗阿猫的要求。鸡鸣狗吠的乡村气息让我们很陶醉，白杨萧萧松涛怒吼让我们感觉不是悲凉就是惊恐，我们本不想听植物说话。

奇怪的是，明明知道动物的表情和智力远比植物发达，但中国古代诗文中，有大量人与植物精神交流的表达（最经典的就是"黛玉葬花"），却很少有与动物交流的记载。庄子观鱼，能否感知鱼之乐，居然成了一个人们津津乐道的哲学命题，这正说明古人对人与动物的关系体会甚少，更未尝深思。用学术行话说，中国人喜欢移情于植物，不喜欢移情于动物。

张炜在他的新著《芳心似火》里说："衡量一个现代人是否在物质的世界里蜕化和变态，是否正常和健康，其中有一个最简便易行的方法，就是看他能不能对一棵树或一片树发生情感上的联系。"如此说来，中国古人其实活得很健康，而现在喜欢宠物却对植物麻木不仁的时尚人，大概就是病态乃至变态了？

单正平，学者、作家，现居海口。主要著作有随笔集《行走在边缘》、《膝盖下的思想》，专著《晚清民族主义与文学转型》等。

虫天记

——旧年某琴馆 47 日幽明录

杨　典

山与大街

弹琴石壁上，翩翩一仙人

手持白鸾尾，夜扫南山云

鹿饮寒涧下，鱼归清海滨

当时汉武帝，书报桃花春

这是唐人李贺的《仙人》。我少年时诵之，至今记忆犹新。

不过那时候读书，并不了解琴是何物。据说琴人似乎都应该住在山上。一切城邦都是毁灭性的。琴人应该住在有茅屋、有瀑布、有云横日月或雷鸣狮吼的地方。每天,都有滚烫的晚霞来点燃他昏聩的心灵,有残酷的雨雪来洗涤他抒情的指甲。他可抱一点孤心,临万端绝顶,在深山古洞中思索帝国的消逝,甘愿将整个生命沦陷于世界的深夜里,吐纳黑暗,饕餮虚无。琴人是一个幽灵,是蝴蝶、是鬼雄、是明月竹影、是山水空花。他的周围应该围绕着密集的森林景象:闲云野鹤在头顶盘旋,麋鹿貔貅在身边跳跃。他有时闭目冥想,横琴枯坐于林泉;有时则临渊羡鱼,长驱悬崖沟壑之间。春秋打谱,冬夏狩猎,拂袖江山,远离尘嚣。在暴风雨席卷过的千古废墟上操缦长啸,其声如禅风振海,古浪横流。他也可行尸天下,冬眠历史,直到音乐的曙光降临,再和鹰、蛇、火、风一起回家。

古籍总是暗示我们,琴人应该是绝对孤独的。他甚至不应该被看见,而只应该被听见——即在午夜的窗外偷听。

但误读传统,正是每个中国读书人的痼疾。

我也不例外,对很多虚妄的隐喻,不撞南墙不回头。

可以说,我是当代第一个敢在大街上开琴馆的。那是在 2002 年秋天。虽然上古无论是鼓琴于山林,还是鼓琴于市之乐家,都不乏其人。非独舜风禹操与涓子琴心曾涂满古籍,先秦如驺忌、雍门周、聂政、樗里牧恭、荣启期……乃至后来高渐离燕市击筑,伍子胥吴市吹箫等,也皆为后世音乐人景仰,视作古代乐家社会行动之典范。但将古琴直接放到今天的大街上,这一行为本身与历史典故里的鼓琴于市,本质完全不同。社会本身是一片山水。大街与大自然的共同特征是包罗万象,鱼龙混杂。一不小心,你就会被莫名的怪物吞掉。

　　那年,我是应一个朋友之邀,去上海开馆的。那是一间不大的屋子,就在汾阳路大街上。每夜,窗外月照迷离,暮鸟息羽,整条街尽都昏暗下去了,唯琴馆内丝桐吐香,光辉如昼。那是一些充满错觉的日子。国人素知上海滩之近代史,乃是殖民地崇洋情结颇严重所在。十里洋场如魔岛蹊径,是英雄才人、奸商大盗与泼皮无赖混淆之地。国粹多受排挤,中国音乐亦是如此。

　　记得琴馆初开时,就有一刘姓老乐人来坐,云自己曾是上海音乐学院教授,1958 年就到上海了。但这是个是非之地,国乐一直被西乐所蔑视,国乐人不受尊重。又云:"你开琴馆,我看也是一场空。"当时我觉得老先生言重了,不以为意。

　　我的琴馆背靠上音,一条小路可以直接进入学院。上音的"文革"历史,多以惨痛为终结。譬如那些在 1966 年前后被铁幕清洗掉的音乐精英与学者:如傅雷、沈知白、顾圣婴等,我就坐在他们的冤魂飘散的地方弹琴,冥冥中有一种寒气。早有耳闻,上音的过去是一片充满残酷血迹的地方。而且,这个地方,也是我十一岁来上海时居住过的地方。我渴望自己个人的历史,也能溶入它那些神秘的血迹。我渴望用琴声的檀香,为他们超度亡灵,如水映月。

　　我感到:琴,也是通向往昔韶光的一条小路。

屋漏痕

　　早在 1983 年冬天,我随父亲第一次到上海时,就住在上海音乐学院图书馆下面的一间只有四平方米的斗室里。屋子只能放一个上下床和一张桌子，小得你就是在睡觉时也可以伸手开门。就是在这间屋子里，我第一次读了《水浒》，并背下了其中所有英雄与暴徒的绰号。第一次听了袁阔成讲的半截《三国》，因为那时中国电视机还很少，大家都听收音机里的评书。当时他只讲到"华容道"就结束了。我的心奇痒难忍。我第一个崇拜的人，是说书先生口中的关羽。我还学会了骑自行车。我父亲看我对古代故事很着迷，于是开始给我讲一些古代音乐家的传说。父亲正在改编古琴曲，自然一下就想到了聂政、嵇康与"广陵散"的故事。我被聂政刺杀韩王后还能割掉自己的鼻子、眼皮、嘴和耳朵的残酷行为惊呆了，又开始崇拜起嵇康。但那时对《世说新语》或《晋书》中魏晋风度可一点也不懂。我只是恍然觉得，一个人被砍头前，还能假装弹琴，很美。

二十年过去了，如今，我再次住到了同一个空间里。

小时候我可绝没想到，我会在这里开古琴馆。

南方多雨，这总让我想起晚清或民国的老上海，想起军阀、青帮、妓女、影星、乞丐、洋人、酸文人、地下党和拆白党混杂的那个荒谬的时代，想起三十年代的气息，甚至是古代吴越的气息，围城的气息。从一到上海开始，我就昼夜住在琴馆内，每夜以一破败之折叠木床和衣而卧，悬一盏孤灯辗转反侧。清晨的阳光与子夜的寒气将我围绕，好像是我梦幻的城池。我似乎已与琴馆合而为一。我就像法国作家法朗士描写中世纪苦行僧的小说《苔依丝》中的那个柱子修士，一直站在自己精神的沙漠中祷告。或像战国时代一个颓废的士，在亡国的混乱下陷入忧郁。或者像一座孤零零的岛，一叶舟，一

星微暗的火苗。

每个人来了，说话、喝茶、弹琴……然后又离开。

只有我是纹丝不动的，却又似乎永远在大街之风中飘摇。

一个雨天，我正坐在馆内，弹《平沙落雁》，便见雨水从琴馆斜顶的缝隙渐渐流淌下来，在墙上留下优雅的图形，如水墨画中的"皴"。那似乎就是历代书家所效法的那种神秘笔锋。"屋漏痕"的说法，据传来自唐代书法宗师颜真卿。它与梁武、怀素之锥画沙、惊蛇入草、古钗脚等书法术语一样，都是古人对书法中最难能可贵之境界的比喻——也就是所谓的藏锋。藏锋很难。为什么难呢？因为要自然。像下雨一样自然。其实真正达到"屋漏痕"水准的人，在书法史上根本就不曾存在过。包括颜真卿自己的那些碑帖。

自然、自由：那只是一个永远的理想。

我认为，琴曲《平沙落雁》的境界与屋漏痕也异常地接近。众所周知，当初广陵刘少椿先生云"半曲平沙走天下"的话，是极有道理的。因雁落细沙时的那种轻盈、稳重与飘逸、那种"天地一家春"的自然乌托邦景象，确非寻常琴人所能模仿。也可以说，包括管、吴、查、刘等在内，近代没有一个琴家是真正把这个曲子弹到完美状态的。吟猱指力处，如锥画沙，透而不露；如雨漏痕，淅沥蜿蜒……这需要大巧不工的境界。

琴馆正午时光的感觉也很好。

因正午的我是颓废的、困倦的。烈日高悬，光芒刺目，世界犹如高烧中病人的耳鸣，车马喧嚣似乎都很遥远。

有时，我会伏案小寐，直到忽然有一只蝴蝶飞进来，令我惊醒。

有时，我独自饮茶抚琴，不知不觉陷入坐忘之境。

就是来了一个朋友，我也懒得说话。唐人刘长卿曾有诗云："溪花与禅意，相对亦忘言。"或许正是指的这种幽美的感受吧。

不过正午的大部分时间，我都是一个人。

这是一种我多年来少有的感触——昼夜在大街与人群中，却始终孤独。波德莱尔曾在《人群》中说："并不是每个人都能够在人群之海中遨游。谁能让孤独充满人群，谁才能独立于人群。与一切陌生的历险相比，世俗的爱情是多么渺小。"我想，他说的也许正是这个状态。谁也不是生来就在大街上。帕斯卡尔著名的格言云："所有的灾难都是因为没有老老实实地呆在自己的屋子里。"

我为什么要昼夜坐在这里？在大街上作琴馆是荒谬的吗？

琴，是否真的已经让我忘记了一切烦恼？

也许琴就是一个象征符号，就像是我音乐灵魂的"无门关"。我需要看透的东西更多，更广泛，更深入生命的核心。琴就像禅宗，本都是为了忘记一切形式和刻意。但你一旦深入，却又从哪里来得忘记？你甚至还得拼命记谱。

噫！满心杂念，一无是处。"透得此关，乾坤独步"。

琴　教

"文革"时期，古琴是在"破四旧"中没有被摧毁，或者被破坏比较少的一个"传统文化"。毛泽东的门徒，尤其是精通古代文献的康

生等,意外地保护了它。琴在暴殄天物、嗜血惨烈的现代神权时代,却幸存者一般地独立于大毁灭之外,这本身就是一个奇迹。后来浙派琴家姚公白先生来琴馆时,我曾言,若有可能,将来想编撰一部《文革琴人史》,记录与追忆古琴界当时的所有琴人、事件与生活。且当时之琴人,如今多已作古,活着的也在渐渐老去,再不整理,恐其"真实之毛时代的琴史"将泯灭于未来的盲目。

因为,我认为,所谓历史,往往都是一种文化伪史。

世界上好的小说很难被篡改,因为它的结构往往滴水不漏;但是历史却很容易被篡改——因为谁也没亲眼见过;写史如画鬼。

正史与野史,都未必是真实的,往往都是被意识形态妖魔化后的产物。

譬如在琴馆时,有时子夜无聊,我就写过一篇短篇小说:《琴教》。

我想证明,所谓的"历史写作"往往也就是"伪史写作"。

如下全文:

花犰,明末清初滇南人,据说祖上为弹琴、斫琴世家。自宋至清《滇南花氏家谱》中有记载的琴人约近千人,为滇南所罕见。花犰博览古籍,为人阴鸷圆慧,在当地类似族长,远近十里,凡遇纠纷不测之事,皆找他评判。花犰不仅琴道绝伦,且善于处理乡党之争,素为花家族人称道,绰号:琴枭。

明末清兵席卷滇南,花犰抱负国仇,阴结洪门,连纵草莽,秘密结社以抗击满人。明亡后,花犰仍满怀怨憎,摘录历代琴学古籍中之暴力血腥典故,合为一书,详细批注,圈点精神,称

《琴弑》，凡十二卷，文辞精湛幽雅，气势尖锐。后又收门徒百余人，以讲琴学啸为由，开办私塾琴院，继续与清兵为敌，煽动琴徒效法广陵喋血精神，刺杀满族官僚。

花犰其人弹琴，类似蜀派，多躁急之音，奔狂激越，与其个性截然相悖，然多有嗜琴者归之学。盖滇南多山林野镇，民风尚武，虽书香门第之人也素带英雄气，琴人亦不例外。

花犰反清复明之心在琴人中昭然可见，受众徒景仰。

因其琴学颇带秘密宗门性质，故滇南人多称花门琴学为"琴教"。

康熙年间，吴三桂反，清人再入滇，以焦土政策铲除叛逆。花犰放弃琴院，与家人避之山麓，连纵山间猛夫抗击清兵，后阵亡于乱军之中。

清兵蒙昧，进入琴院，纵火烧琴千余张，《琴弑》也为清兵焚毁，自此不传。

据说花家遗留有花犰自制杉木琴一张，用满人人牙为徽，人骨为岳山、龙龈、雁足与琴轸。其琴铭曰"赤瀑"，后花家破，此琴流失，不知所终。

1987年，我在幽燕读书，京城尝有"鬼市"，其所在原为"簋街"，每晚云集各种贩卖旧货文物者，夜聚晓散，警察多禁而不止。一日，偶遇一抱琴女子，面色娇小，问其名，自称姓名叫"花萦"，有一祖传良琴欲出手，开价二千！视其琴，通体血红如炭，小蛇腹断纹精美无比，琴尾卷曲，状如一道飞瀑……琴背刻有古字。那时人多清贫，琴贱如朽木。我怀疑其琴有诈，又无钱

财。正欲与之交涉，警察忽来，花萦躲闪不及，捕之而去。我看着她被两个警察带走，一人铐其手，一人抱其琴，云她是"盲流、贩子"，于是再也无缘见到。后来偶览滇南明末古籍，见有其事，感而记之，铭刻永昼。

2003 年冬　于上海

无疑，这是一篇很典型的野史。

世上本不存在花犰其人，更不存在他那本《琴弑》之书。但是很难有谁具体来指出此文的真实或虚假性。甚至还有人会信以为真。就是汤因比，也必须得承认历史本来就是不确定的。且中国野史资料、地方志、族谱、笔记类书等浩若烟海，无人能全部尽读，所以也就无人能求证。

而神秘事件之故事性，往往是人们最容易被感染的。

譬如"梁祝问题"：有一天，作为小提琴协奏曲《梁祝》的作者之一何占豪先生，和我过去的同学小提琴家高翔路过琴馆，一起走了进来。高翔很吃惊我在这里开古琴馆，且我们也是十多年未见，于是坐下来喝茶。何占豪，恐怕很多人都知道这个名字。1966 年夏天，他也是在上海音乐学院操场上，被红卫兵揪斗的受害艺术家之一。《梁祝》一度曾爆发过知识产权之争：有人将他在海外版的乐谱上名字删掉，只保留了陈钢一人。

历史是可以被篡改的吗？

回答是："如果有权力涉及，就很有可能。"

只有在一种情况下不可能：就是有"人证"。

我故意在琴馆的书架上放了一套"毛选"，同时还放了一本英国哲学家汤因比的《历史研究》。琴馆空闲时，我便随手翻阅。这是一本影响过近代很多人的书。汤因比在书中有这样的看法：历史的存在往往不在于事实，而在于历史学家的个人选择，时代局限和国家性质。而历史学家又往往借助"假说"来讲述历史。即"如果没有一个假说的帮忙，事实就无法存在"。

这就是历代几乎所有民族历史的撰写法。非常可怕。

毛泽东时代的"琴史"也面临这样的可能性考验。

若终有一天，《文革琴人史》真得以写作，完成，我想其中应该包括的除文字之外，还要有录音与录像资料。因为"文革"的确是中国文明时间中一次非常意外的事件；这里可以涉及音乐、灾难，毁灭、破坏；也可以涉及琴人隐私与忏悔——因为有些现在的名家琴人，当初甚至还有曾当过造反派。琴之幸免于难，又为这事件作出了新的诠释。由此，我们甚至还可以提出一道新琴学命题：即"集权时代中琴的精神涵义"。

怪　人

记得有一天，琴馆走进来一个穿着穷朴的怪人。他着旧布衣，背黑皮包，戴着一架上世纪六十年代老式的黑梁近视眼镜。他自称"姓王，善水墨画，是大画师，但一直被埋没。而且，我家中多有藏琴，包括有两张宋琴……"

后来经过一番对话，我们才得知此人是附近一精神病患者。关键是，他见我们不信他的话，立刻就从书包里拿出了一大堆东西。这些东西让我们大惊，因为其中不仅有他家的旧照片，还有很多奇怪的杂物，如红领巾、眼镜盒、钱和像章等。最荒唐的是他还拿出一顶自己缝制的旧红军帽。琴馆一友见情况不妙，于是想将其请走。但他开始赖着不走。

后来大家干脆把他拖出去了。

临走到门口时，他突然将假红军帽戴到头上，冲所有人吼道："你们总有一天会清楚，我究竟是谁！你们这样怠慢我，会后悔的！"

很显然，"王"是一个混淆了历史浩劫与传统文化的病人。

他动辄吹嘘说自己手里有宋琴，令人觉得啼笑皆非。其实这并不难理解。他或许正是在"破四旧"时期受到过刺激的民间文人。

当时来过我琴馆的人，一天比一天多。大家或偶尔路过，或进来喝茶。譬如有琴家龚一、林友仁、姚公白、姚公敬等，还有卫祖光、马维恒、张谡、徐碧、朱鸿祥、倪诗韵、紫影……包括当时在上音教书的诗人肖开愚，偶然路过上海的浙江诗人凌越，还有一些画家、教师、音乐家、学生和附近的茶商等等。相当一段时间，琴馆的客流量非常密集，几乎二十四小时都有人。

我在上音还有一少年时代好友，现为作曲教师，名郭良。也是重庆人。其作品如交响诗《狂想曲》，听之，颇有后期象征主义之风格，多诡异英武之狂野大气，有如云卷山之势，如兵袭国之撼。知我开琴馆，入夜时也来饮茶叙旧。有时他还带着一群学生醉酒而来，学生多与他亦师亦友，没大没小。

郭良与我自幼熟悉,性情纵横不羁。

琴馆人如蚁聚时,郭良就在酒后曾言:"中国人为什么下贱?尤其在上海。因为没有自信了,古琴、古诗还有古代那些鸟事,都被西方打败了。这个民族不自信了,抬不起头来。美国那个著名杀人犯……叫什么我忘了,他说:'我杀人怎么了?我是杀人,可我从来不杀自己人。'可是在中国,我们专门杀自己人!"他喝了一口茶,又喊道:"上一代人有毛泽东思想,下一代人有电脑。我们这代有什么?我们什么也没有!"

我记得,我开馆后第一天去找郭良时,他就喝醉了,坐在上音附中的花园里一个人伤心地哭起来。他诅咒这个地方,说:"这地方就是个嫉贤妒能的地方,你再有才华、有灵感、有思想,也永远得不到尊重。因为群体不需要独立之精神,你不属于这个群体。这就是中国。"郭良从来不用手机,也不用电脑。他虽与我是同龄,但在我看来,他也算是一个激烈的古怪人。

鱼与花

琴馆矗立大街,来人日益复杂,有时,一对巡逻的警察走进来,也会和我寒暄几句,还把手枪放在桌上,谈笑风生。我当时觉得我简直成了阿庆嫂了。可在大街上开店,这是无法避免的事。不要小看大街,大街上不仅有警察和骗子,也充满了很多诡异的怪事。

譬如我曾在馆内养有一瓷盆金鱼,约八九尾,放在地上。

　　为其美感与风水，我还挖二三小睡莲，以一小风砺怪石镇之，点缀水面。鱼盆就放在琴庐的地上，犹如一片微小的湖泊。鱼之境界，在忘水之清浊。鱼在水中之摇摆，自然优雅，如琴音之袅袅曲线。有时，我弹琴，那些鱼就像入定一般，纹丝不动，息尾倾听。如今，很多日子过去了……它们的宁静与不动，已经深入到我记忆的骨髓里，仿佛已成为琴庐与音乐的一部分，成为那些醉人的永远的刹那。后来一条鱼不小心被路过的人踩死在水里。不久，琴馆即出事。一日清晨，我因困乏略微晚起（我当时在附近曾租了一个亭子间，偶尔会去暂住）。到馆时，却隐约见庐门微敞，似有人已在。我一惊，疾步而入，却见庐内空无一人。我环顾四周，琴一张也没动。我松了口气。但俯视庐门，却见无数被刀锥撬过的痕迹。再一搜索，原来是我的电脑不翼而飞了。贼不识琴画昂贵，只识得此物。显然是一个土贼。

　　后虽报警立案，却终未追回。就算是破财免灾了吧。

　　我记得琴馆种有三种花：腊梅、水仙与紫竹。琴馆内温暖如春，于是水仙疯长，三日而草，七日即花。

　　蒲松龄曾云："诸花畏碱，惟梅、水仙不畏。"

　　真学琴者，方知琴如雪中腊梅，碱中水仙，外人只见花耀音香，而不知在随意吟猱与自由运指之间，为琴者饱尝过多少奇寒绝苦之味也。盖因琴与别的乐器遭遇在中国不尽相同：为多年断代忽略之绝学耳。

　　近代革命年以来，古琴一直是作为一个接近灭绝的乐种在苦苦延续。如当初晚清九嶷派琴家杨宗稷先生在北京大学讲授琴学时，就遭到过学人们的嘲笑，说他的演奏是"狗挠门"。后虞山倾颓、广陵星散、西学狂飙、国人背弃……多少老琴师一生潦倒，贫困交加而不为世人所知。而今之附庸风雅者，又有几人是真在理解了琴之黑暗史之后，才去追逐那"昨夜曙光"的呢？与近年来众多琴社的涌现相比，一个人的琴馆出现在大街上，已经是一个迟到者。它能得到那么多人的关注和喜爱，这本身就是对古琴未来之转机的诠释：尽管是一个很渺小的诠释。我本希望：它是"新琴学史"在社会行为上的一个新开始。

琴如花，人如蝶——这之间有一个相对划时空的追逐……

它说明尘封百年之后的这个传统乐种，在社会冲击力的气候中，能够以一种非保守的方式破土而出。琴，可以告别被埋没于泥土茧缚的黑暗经院时代，投身于最新锐、最先锋的艺术行动了。

大　雪

但就在我醉于琴馆行为之美的时候，却实在没想到它会突然弦断江南。原因在于一个朋友唯利是图的背叛。我虽与之绝交，但就古琴馆之事来说，真十分可惜。不久，音乐学院也放假了。路上行人日渐稀少，琴馆更加寂静。空气越发阴凉冻脚。忽然那一天，上海下起了大雪。琴馆窗外，漫天飞白。

江南的雪是罕见这么大的。我独自坐在琴馆里读书、听琴、饮茶，似乎也忘记了一切。巨大的玻璃窗犹如巨大的幻境，为我概括

着南方的冬天。雪花有时打在玻璃上,好像是渴望进来的古人在用灵魂敲门。有时,一个老头叼着烟朝里张望。有时一个姑娘会打着伞朝我微笑。一辆车飞驰而过。一个孩子跑远。然后,就又是一片寂静……雪下得那么的大,白花横扫天下,如大地贫血,或时空的追悼会。我知道,这是琴馆最后的时光。最后的雪。

只有最后的,才是唯一的——也就是美的:因为美即悲剧。我记得最后一天傍晚,我隔窗还看见有一个人在对面街上点燃了一支香烟,渺小的火苗在大雪乱飘的昏暗中显得是那么的璀璨夺目,让我想起曼捷斯塔姆的诗句:

> 谁也躲不开暴君的世纪,
> 多年后——雪将散发出苹果气息。
> 我本想从自己的门前逃亡——可无家可归!
> 而大街上,天已经黑了……
> 我的良心犹如撒落的盐,
> 在前方的人行道上闪光。

我离开上海时,仲春已过,回阳初暖。正是农历惊蛰节气。天下所有的虫都苏醒了。而在万物最骚动的时刻,我却皈依面壁,韬光养晦。

过了大约一年,汾阳路那一条大街的房子都拆了。

琴馆的旧址先是被变成了一片废墟,然后变成了另外一些建筑。后来我经过的时候,不胜感慨。后来回北京后,我先后还开过两三处琴馆或工作室,但都没有当初的那一个让我用心、伤感和充满惋惜。

虫　天

古琴有一半要算是蚕的精髓与化身。

因在上世纪五十年代之前,在整个古代,琴的材料大多变幻于杉、桐、楠、梓之间,但弦——皆为丝弦。

我的童年时代是在后“文革”时期的重庆度过的。记得那时候,南方的孩子们没有多余的玩具,主要就是“与动物过不去”:如烧老鼠、掀蚂蚁窝、收集苍蝇、折磨蝉、牵牛或者钓鱼;另外还有一项:养蚕。我们从一些蚕农手里或桑林寻来蚕卵,然后放在用废弃的纸盒子制作的蚕房里孵化,通常只有十来条。我们的目的是让它们成长、结茧,然后把茧拿到中药收购处卖,再用卖得的钱去买糖果零食吃。

剩下的蚕蛾我们会让其继续交配、产卵、饲养。

蚕是这样一种动物——喜温暖干燥与不太通风之地。

蚕吐丝时,不可多看,看多即死。

它被我们密封在一个狭窄黑暗的盒子里,犹如古代监狱中的死囚,犹如悬挂于孤绝峭壁石屋中的僧侣——它就像闭关辟谷的道士,静坐密室的隐者,绝不允许有一点打扰。它的信仰就是:吐丝。在数日内,它要把全部生命的精华都倾吐成一个让自己窒息的茧,

然后再从这茧里羽化为蛾蝶。在上海开琴馆之中时,我觉得自己也曾像是一条云游在大街上的蚕,以弹琴为吐丝,编织出了一个琴与生活的茧;这就是所谓的"樊笼"罢。

的确,在密集的音乐与封闭的个人意象中脱胎换骨——这是古代很多琴人的理想境界。历代琴谏、琴刺客、琴隐士的典故,无论儒道佛三教门徒,还是在野的士人鬼雄,都有着自己的"羽化观"。所谓神隐。所谓无弦琴、一弦琴、焚琴、空琴等等传说……无非都是为了达到一种类似蚕的境界;升华和蜕变。

但是这一切,说到底,都不过是某种意义上的樊笼,是人的智慧。是茧,而不是丝弦。更不是琴的音乐。

琴的音乐必须是一种不被任何人文思维所异化的自由。

而琴的自由,就应该像蚕虫吐丝一样,既是本能,又是理想。

在近代琴史中,如晚清思想家谭嗣同也是个琴人。他曾经自制二琴,还将自己的书斋命名为"虫虫虫天之微大弘孤精舍"。我对此书斋名甚为喜爱。何为虫虫?即虫都有虫的渺小本能。何为虫天?即虫也有作为动物的特殊天赋。鸟飞鱼潜,看似简单,而人是做不到的。换言之,唯懂得渺小的人,才能进入伟大的境界。此语本出自道家。微言大义出自儒家,弘孤精舍出自佛家。从某种意义上来说,琴馆也是一个"虫虫虫天斋"。琴人如虫。如当今琴界,众生昏蒙势利,抱残守缺,二三荣耀,八九人师,虽于弹丸之地,总揽权衡,却竟也派别林立,尔虞我诈,元气武断于微妙,心血皆耗于纠葛,这个群体的蒙昧其实又与"昆虫记"何异呢?念之神伤。当初海上行痴,琴馆小废,或许也本该是意料中的事。今虽长夜啸哭,恨风无弦，终亦不能救其于万一。

　　江南是一座抒情的监狱，一种蓝色的软禁。充满了白色的墙、残破的小桥、消瘦的园林与黄酒。江南的雾整个是颓废的。夕阳整个是夭折的。触目皆是亡国的图画，脱口即为昏君之诗。二十四桥仍在，波心荡，冷月无声。江南是美人的腕骨，玲珑易碎。2008 年冬日，我应邀前往虞山常熟演出。之前，与二三琴友游苏州，在拙政园、忠王府与贝聿铭设计的博物馆之间勾连穿越，徘徊于洞窟和小径交叉的花园。驻足之间，窗外即是竹林与池塘。木船、鱼鹰、农家菜、太湖三白加黄酒，出门感觉真不错。且因天气冷，人少，萧条的山水更容易让人懂得静美。之后，我再次转道上海，拜会了这几年新出现的一些琴馆，还听了不少海上琴友的演奏，获益匪浅。而在上海，我还发现了一个现象，即目前那边开古琴馆的人，包括九派、元音、琴乐仙工作室、幽篁里等等，大多都来自当初我在上海办琴馆时的旧相识，或者与那琴馆有一定关系的朋友。这些年，自我离开后，上海琴馆竟然如雨后春笋冒出来了很多，而学琴人也越来越多了。无论我的琴馆成败与否，从某种意义上来讲，我想我当初的行为都刺激了不少人，使他们也能走向这种社会行为。这不就是一种类似虫虫、虫天的奇妙蜕变吗？念之始作俑者，激烈性情之我也，往事也，过眼云烟也，亦罪过也。从这个角度来说，我当年为了古琴秋冬长街，夜宿寒窗，也算没有白受苦。罢了。

　　杨典，诗人，现居北京。主要著作有《孤绝花》、《花与反骨》、《琴殉》等。

卧铺票

马新朝

一

对于大多数中国人来说，素日出行，仍是一个麻烦。

中国自二十世纪中晚期，对于出行者来说，"卧铺票"是个美丽而光彩的字眼，闪烁着幸福的光辉，且代表了幸运、身份、等级。这小小的卧铺票，用硬纸板做成，仅二指宽，设计简洁，淡淡纸香，黑白二色，极为神秘，有着难以想象的能量。它可以把你从硬座车厢那拥挤的人身肉林中解放出来，放在一个干净、宽松、舒适的新境地——卧铺车厢。尽管硬座车厢拥挤不堪，连个插脚的地方都难找，然卧铺车厢却有着足够的空间，灯光明亮，窗帷低垂，轻音乐伴着车轮的节奏回旋。你可以与朋友聊着天，喝着茶水，愉快地完成旅途生活。这神奇的卧铺票，不仅会解放你的身体，还会极大地满足你的精神和虚荣心，别人更会高看你一眼。

红尘滚滚，一票难求。某年，我去北京出差，返程时，一位杂志社的朋友为尽地主之谊，主动承担为我搞卧铺票的重任。仅是他主动提出为我买票时那份勇气，就让我感动。此公年迈多病，且天又冷，仅穿一件军大衣，又是找熟人批条，又是去车站排队。老人家奔波了两天，票虽拿到，但他气急瘀心，劳累过度，心脏病复发，住进天坛医院。我知道后，为真情所动，也不回家了，狗日的卧铺票让它作废去吧！我到医院里去陪我的这位朋友。

对于我们这个阶层的人来说，要弄到一张卧铺票，要有些手段，要费尽周折。找熟人、托关系、请客送礼，往往是出差前数天或半月，就要着手弄票，打不完的电话，跑不完的路，末了，票虽碰巧弄到，人也累得半死。外地若来亲朋，吃喝接待皆无问题，发愁的事唯有卧铺票。从客人到来的那一刻起，你就要运筹帷幄，把各种能托的关系都想遍了，全力去弄票。弄来了票，皆大欢喜，一票在手，就没了后顾之忧。假若弄不来票，主客双方尴尬，脸上皆无光彩，这朋友或许从此生分。因为人家会小瞧你：怎么连个卧铺票也弄不到，这说明你混得不如人，没有社会地位。在那个年代，你混得如何，能否搞到卧铺票，便是最起码的标准。

至于那些肩扛蛇皮袋的农民工，那些挖煤窑的矿工，想买卧铺票，连想都别想。你若要在火车站里那半尺见方的售票窗口，买到一张卧铺票，除非出现奇迹。那么卧铺票都弄到哪里去了呢，为何

放着售票窗口不卖,这也是众人的疑问。售票窗口外那长长的钢制的护栏,仅能容一人通行,那里有着永远排不完的队,有着永远的等待和失望。旧的人还没有离去,新的人又加入到排队的行列,日日年年,永无尽头。虽说这里只能买到硬座票,大多数还是站票,仍是争抢不已,打架斗殴事件时常发生。

火车站对于多数中国人来说,是一种伤和痛。

二

近代人发明了火车,应该说方便了人们的出行,然多数人并未感到方便,而是显得更为焦虑恐惧。古人出行,富者骑马坐轿,穷人以步出行,一日数十里,并无焦虑恐惧之感,因为旅行也是一种生活,慢未必不好。整个社会皆是那个速度,也就不觉其慢。现代人有了火车,就有了快,路程缩短,朝发夕至,你仍不觉其快。况且,你提前到达,又能做些什么,多数人还是陷入了慢,打麻将、扯淡、睡懒觉。

而有了火车,就改变了原来平静的生活,别人挤,咱也得挤,整个人世都被火车拉着走,咱也不能落下,一起加入到买票的行列,纵有千难,纵有万险,也在所不辞。有人说,既然卧铺票不好买,不买它也就是了,咱随便上了火车,有个座就行。你是不了解那个年代。卧铺票已经超出了它自身的范围和价值,是人与社会价值的集中表现。

当时，我还在一家杂志社工作。年终，老总召见，交代我与小刘一项任务，差我们俩去桂林开一会。去桂林开会当属美差，我和小刘高兴之余，就想到了购买卧铺票的事，便有些犯难。弹指会期将近，又临春节，时间不多，买卧铺票也就紧了。老总乃一热心人，关心下属，开明通达，他说："买卧铺票的事，你们俩不要掉以轻心，应全力以赴，这事咱们过去是有过教训的。这几天就不要来上班了，去跑票吧！"

我理解老总关于教训的话是何意，前不久，社里开一会，邀请全国约三十位发行商来我市开会。会前，成立购票小组，小组成员三人，人人有压力，面有难色，购票是整个会议最为棘手之事，购票问题弄得好，会就开得好，反之，购票问题弄不好，会也开不好。请神容易送神难，你把人家请来，送不走怎么办？购票三人小组多次议集，商讨数套购票方案。最后，由老总拍板，决定高价请一大宾馆的购票主任来帮忙。彼时，各大单位，要害部门，高级宾馆等，皆有专门购票人。这些人，一般都神通广大，接天触地，八面玲珑，经常出没于高级酒店、灯红酒绿的场所，他们与火车站均有着特殊的关系。经熟人从中牵针引线，我们与那位购票主任取得联系，他听说有回扣，满口答应。为提前致谢，建立感情，当晚，于一家豪华酒店请客，众人如捧星戴月般地围着他，说尽了乞求话，道尽了甜言语。购票主任约三十岁上下，满面红光，春风得意，坐于酒桌正位，大讲其能耐如何，其言甚豪，自称他没有办不成的事。虽然知道其中有诳语，也不敢道破。我们满头白发的老总，本地新闻界的元老，则站于一侧，素日严肃的老脸，忽然就有了笑，讨好地给他敬酒，且双手擎杯，

他连站也未站，显得十分傲慢。后来还是因为回扣的事，此人胃口过大，我们无法满足，结果会议结束后，三十位客人只给弄了十九张卧铺票，尚有十一位客人当天送不走，硬是给得罪了。会议开砸了。

三

我与小刘商量着买卧铺票的事，各自搜寻着自己的关系网，最后想到了一个人。

次日，我去了铁路局，找一张姓熟人，我们杂志曾发过他的稿子，说起来也算是我们的作者，想其会给这个面子的。在铁路局一办公室，我见到了张，一个溜光水滑的年轻人。他很热情，倒茶让烟，脸上时而露出温和的笑。然而，当我向他说起买卧铺票的事，他脸上的笑没了，似有一片乌云刮过。他思忖了一下，对我道："你等等，我去想想办法。"他去了很久，或许是去找什么领导批条，返回时递给我一张条子，展开一看，上写："杂志社需要两张卧铺车票，请客运科陈科长酌情解决。"落款的人我不认识，可能是位高权重之人。在我高兴之余，对"酌情"二字稍有不满，什么酌情，滑头。不过我对张已是千恩万谢，给别人找麻烦，况且是给不熟悉的人找麻烦，我的脸上充满了歉意。

出机关大楼，骑车约半小时，方找到客运科所在的办公楼。到得客运科一问，人道陈科长刚出去。那就等吧，一等又是一个多小时，眼看着将要下班，我心里很急，弄不好，下午还得再跑来一趟。

正想着，门口进来一中年胖子，西装革履、浓眉、小眼、胡子刮得净光。有人告诉我，他就是陈科长。我赶紧起身，先是自我介绍，后又双手把纸条呈上。陈科长没说话，也没有给我倒杯水喝，他态度有些冷，在纸条上扫了一眼，顺手把纸条扔到了纸篓，那可是我千辛万苦弄来的呀，又不敢多言。陈科长坐下，在办公桌右侧纸盒取一白纸片，我留意一下，那纸盒中的纸片约有半尺厚。他在纸片上写下几行字，从光滑的桌面上推给我。我赶紧来看，上写着："给杂志社二张去桂林卧票，请售票处王主任酌情办。"落款："陈"。又是一个"酌情"，但我知道这张纸条的价值，这是权力和人情的象征。也许"酌情"二字是他们之间的谦虚用语。告别前，我说了几句感谢的话，他只是点了下头，自始至终，陈科长面无表情，未说一句话。

拿了纸条，仍觉心里不踏实，它管用吗？只有到售票窗口去检验。午饭后，不敢拖延，我赶紧来到了二七路售票处。这是在车站之外的市区设立的一个售票处，像所有的售票窗口一样，窗口高高的，半尺见方，金属框架，仅能容一只手插进去，里边安有扩音器，在窗口外边挂一小喇叭。你无法与里边的售票员平等地沟通，你总想与售票员靠得近些，就把头和脸贴近那个窗口，但窗口太小，虽近在咫尺，里外却是两个不平等的世界。售票员的话总是简洁而生硬，不容你有任何的质疑，就像人对别的动物说话的口气。我看到几乎所有购票者，不管是男是女，是老是少，不管他素日多么蛮横，到了这个窗口，一律都变矮了，皆把头和脸贴近那个小窗口，是那么的温顺，满脸的谦卑，话语里带着讨好。

二七路售票大厅，设有四个窗口，皆挤满了人，每个窗口前都排

有长长的队伍。一个戴袖章的人维持着秩序,反复地喊道:没有条子的,在外边的两个窗口排队,有条子的,在里边的两个窗口排队。我是有条子的人,就在里边的一个窗口排了队。数了数,我的前边足有四十个人,唉,这么多人有条子啊!车站的关系也太多了!这要等到何时?

售票厅空气污秽,没有一条凳子,所有的人皆得站着,站得久了,腿就发酸,坚持不住。一些人急中生智,买张报纸垫着屁股坐下,也顾不得满地的烟头和痰迹。你不能离开这里,一步也不能离开,你要想去方便方便,好了,回来后,你的位置就会被别人占去。因为你站立的这个位置,后面的人已经窥视好久了。那些手中没有条子的人,买的车票大多数是站票,连个座位也没有。但他们认命,也在认真地排着队,你不排队,连个站票也没有,但人们觉得这一切都属正常,有条子和没有条子都是正常,存在的就是合理的。他们安静地排着队,脸上没有表情,只是在看我们这些有条子的人时,眼角带有羡慕的目光。

时针嗒嗒地走着,又快到了下班时。队伍里一阵骚乱,大家担心,下班时间一到,那个金属的小窗口就会啪地关上,根本没有商量的余地。那么,今天的队算是白排了,明天又得来接着排。有的人为了排队,天不亮就等在这里,目的是排在前面。我看到我身后人还多着哩,前边的人倒是越来越少,已经看到了胜利的曙光。还算幸运,总算轮到了我,我怀着不安的心情,把纸条从窗口递了进去,就像学习很差的学生,向老师递考试卷那样紧张。这张条子管不管用,就等着里边的人审判了,他要顺口说一声:"不行",那我就完了。

里边的人看过纸条，把它放在一边，也没有问什么，两张卧铺票就到了我手中。我心里狂跳不已，高兴得几乎要跳起来，像范进中举，把车票拿到光亮处，反复地核对着日期和到站地点。

奔波了一天，忽然感到身心疲惫，我累了。我虽是买到了卧铺票，但心中并未得意，仍然感到自己是一个失败者。

四

在中国，要说哪里人多，火车站。

解放以后，我所在的城市，火车站频频翻修、扩建，候车室、售票厅、车站广场，越来越大，越来越气派。然而，车站扩建，总是跟不上需求的速度，车站里永远都是拥挤、混乱、紧张。若远距离俯视下望，这里就像一个蚂蚁窝，黑压压的人连成了团，挤在一起蠕动着。只有到了火车站，才能明白自己的小，突然由人变成了一只蚂蚁。

那晚，我和小刘各提着包来到车站，顿时淹没于人流之中。因是春运，人如潮涌，偌大的候车室容不下，人便涌到了露天广场，广场也拥满了人，连广场的马路，也有了散乱的人，人群的黑浪，汹汹地外涌。时交腊月，寒气逼人，北风呼号，昏黄的路灯下，雪粒箭也似的，阵阵扑来。水泥广场上，满地是人，有坐，有躺，有的相互抱着，一团一团的白。人们皆是表情木然，低头默想，神色黯然，很少有人说话，人们相互沉默、等待，像在逃难。雪花漫过他们，落在他们的身上、头发上、脸上，偶尔也能听到婴儿们尖利的哭声。

　　大喇叭时而突然轰响,预告某某趟列车开进了车站。广场上顿时骚动,部分人迅速站起,他们或提着大包小包,或抱着孩子,或扛着编织袋,你追我赶,彼此辱骂,大呼小叫,像涨了潮的春水,向进站口涌去。年轻人会跑在最前头,老人,抱着孩子的妇女,少了一条腿的残疾,则落到后边。如果有人被撞倒在地,没有人会管他,没有人会去扶一把,他们得靠自己站起来。这就像打仗,攻山头,晚了一步,山头就会被别人占去。

　　不同的票式,在列车上有不同的待遇,级别不同嘛,而进站的方式也有不同,你持有车票的等级,决定了你从什么入口进站。进站也是有讲究的,早点进站,持站票的人,就可以抢个好位站着,持坐票的人,所带的行李才有位置安放,免得被别人占去。持有卧铺票的人,就不用急,那里有足够的空间,有茶水,有两个铺位躺在那里,床单洁白,静静地等着我们。而持有站票、硬卧和硬座的人,一律要从候车大厅进站,这里人多,拥挤;而持有软卧车票的人,则有专门的软卧候车室,能到软卧候车室的人,应是有些身份的人。男的西装革履,女的软衣红绸,皆是油光粉面,那里有舒适的沙发、茶水、美妙的音乐,还有漂亮的女服务员陪伴左右。还有最高等级的,他们可以不用检票,不用候车,坐在自己的小汽车内,从特殊通道一直开到站台,如进自己的家门那样方便,当然这是属于特殊的人群。也有车站内部工作人员,近水楼台,利用工作之便,把自己的亲朋从他们所谓的职工通道,引到站台上去,也可提前上车,但不是光明正大,有偷偷摸摸之嫌。

　　我和小刘买的是硬卧车票,当然得从候车大厅进站。我俩不用着急,因为我们去的卧铺车厢,有保障。不像那些硬座车厢里的人,没有保障,他们不能保障能否上得车去,即使上去了,能否找到一个可以站立的地方也难说。我看到进站的红男绿女,老人小孩,都在跑,脸上皆带着焦急和不安,头上冒着汗。漂亮的姑娘美女,这时也不再矜持斯文,不再挺胸收腹,撒丫子往前跑。我和小刘好像身处于一道人的急流之中,前边有吸力,后面有推力,一股力量在身后推着你往前跑,不跑也不行,因为你无法站稳,你跑得慢,就会挡着后面的人,后面的人就会骂你,推你。好不容易到了站台,已是气喘吁吁,满身臭汗。列车就停在那里,长长的,静寂无声,前不见头,后不见尾。车厢因风刮雨淋,超负荷运行,严重老化,油漆斑驳,窗玻璃模糊不清。车的底部呲呲地冒着白烟,像一位年迈的老人在喘气叹息。

昏黄的灯光下,站台上满是上车之人。提包的,抱孩子的,扛编织袋的,人挤人,人挨人,皆是眼睛红红的,盯着车门,准备一试身手。人人都成了斗士,骁勇善战,列车员已经无法维持秩序。人们从车门里,拼命地往里挤,像压肉饼般,人压人,人推人。有鞋子被挤掉的,也没法去拾;有小偷浑水摸鱼的,顺手捞一把;有小孩哭的,大人无暇顾及。人人都想最先冲到车厢里,每个人又成了别人的障碍,上车速度就慢下来。什么道德、礼仪、尊老爱幼,已无人能顾及,实现这些美好的词,是需要一个空间的,在这里没有了它们生存的空间。你尊老爱幼,就休想上车;你道德礼仪,别人会说你是傻瓜蛋。整个车站就是一个紧急,喊声、哭声、叫骂声,声声不绝。所有人,都急不可待,冲啊挤啊,露出了动物的本性。有个女孩已挤上了

车,她的老父亲还在车下,女儿哭爹唤娘,老头在下面急得直跺脚。还有些人,看到从车门进去,已是无望,便从车窗往里爬。车窗本是用来透风的,看风景的,但它已经失去了原来的功能,变成了肉体和兽性的通道。年轻人一跳就上去了,先是头朝里,慢慢内移,脚再缓缓收拢进去,就像蛇吞青蛙般。老年人就难了,车窗对他们来说太高,很难爬上去,要爬上去,需借外力。一个上了岁数的大娘,满头的银发,小脚,穿对襟棉袄。下边有个年轻人,硬把她举抬起来往车窗里塞,也不管车厢里有什么,接纳不接纳。老大娘像赴刑场英勇就义般,白发披散,一脸豪气,没有畏惧,没有呻吟,伸出两只满是老年斑的手,往里边爬,爬,这场面惊心动魄,让天下的儿女垂泪。有个小伙子倒是麻利,他先把东西扔进车厢内,人再往车里边爬,可是,里边的人不接纳,一个劲地往外推,说里边太挤,没有地方。双方相持不下,然后是对骂,厮打。整个站台一片嘈杂,像开了的锅,有丢了东西的,有亲人失散的,乱作一团。我不忍再看下去,内心酸楚,赶紧往卧铺车厢里走去。

五

　　上了车,就是幸运。当你站在拥挤的车厢中,看到下面还有那么多人没有上来,会有一种幸灾乐祸感。那些没有上车的人,还要耐心地等待下一班车,积蓄力量,再往上冲。

　　中国的卧铺车厢都是一样的,床位不是靠左,就是靠右,一边留着人行的通道，在人行道的上方是行李架，堆放着旅客们的各种行李。车厢里设计有若干个格子，每个格子里有六张铺位，铺位分上、中、下三层，下铺为最佳，当然，也有人喜欢中铺，上铺因为空间小，又太高，手一伸就能摸到车顶，略显憋闷，不太受欢迎。当然，对于一般人来说，能有一张上铺票，也就是上了天堂。

车站的广播，慢悠悠地播放着，某某车次就要进站，某某车次已经开走。所有火车站播音员声调，皆是慵懒而缓慢，似带有睡意，又不容置疑。这种声音在车站的上空飘荡，加重着火车站特有的旅途气息，让人感到沧桑而空茫。我们乘坐的列车开动了，先是颠了一下，有金属相互碰撞之声，一声汽笛鸣响，列车便缓缓移动。我倒了一杯水，坐在茶几旁，看着车窗外的路灯、楼房、塔身，电影般快速闪过，路过桥梁时，列车发出空洞的响声。列车很快出城，在广阔的平原上行驶，时而吼叫一声，时而喘着粗气。今晚星月无光，远处的村庄隐在暗处，偶有点点灯光。

记得数年前的一次乘车，至今历历在目。那次出差，也是赶上年关，我从江苏无锡回郑州，没有买上卧铺票，凭着一股勇气，硬是挤上了硬座车厢。惨呀，车厢里人员爆满，汗臭味刺鼻，别说找座位，就是连个站立的地方都难找，一上车便被卡在了车厢的过道中，进不能进，退不能退，连转动一下身子都不易。我的前后左右都是站立着的人，被紧紧地围困着。车开动后，站在我前边的那个大胡子，满嘴喷发着酒气和口臭，让人无法忍受，我转了个身，背着朝他。谁知一只脚落地后，另一只却找不到落脚处了，你要硬踩就会踩到别人的脚上，引起纠纷。我暗暗叫苦，从无锡到郑州，将近二十个小

时,就一直这样站着吗?这如何使得,这不是在受刑吗?好在我那时年轻,身体也壮。

不管你心里如何想,没有人关注你的感受。列车开出一阵子后,有人站得受不了,腿发麻,腰生疼,便开始有想法。一个小伙子爬上了高处的行李架,安然地坐在了包裹间,像个猴子。在低矮的满是尘土的座位底下,我也看到有人,他们的头朝里,你只能看到他们伸出来的脏脚。内里阴暗潮湿,满是灰尘,一定憋气,想想都难受。我站了一会,也感到两腿发酸,难以支撑,要是有个地方,蹲一下也是好的,更别说躺下,那只能是奢望。我羡慕那些坐在座位上的人,他们坐在那里打瞌睡,或者是吃水果,悠然自得,他们才是幸福之人。他们不屑于看一眼我们这些站立着的人,因我们之间,没有平等。当然,也有的年轻人不怕站,愿意高价出售自己的座位。但见他和一位女士先是讨价还价一番,成交后,年轻人站起,中年妇女坐了上去。她很胖,穿着高跟鞋,一脸的倦意,怎能忍受这没有尽头的站立?我看到她坐下之后,长长地出了一口气,微闭双眼,眼角似有泪痕。

入夜,睡意袭来,很多人都把昂起的脑袋耷拉下,站着的人,也闭上了眼睛。车厢里的灯昏暗,照着那些痛苦的扭曲的脸,照着老人们的白发,照着睡在母亲怀中的婴儿。一位年轻的母亲,怀里抱着孩子站在那里,眉头皱着,每过一分钟,一小时,对她都是巨大的考验。我体谅她,我这个空着手的男子汉都站得难以忍受,何况她乎。孩子已经熟睡,她的额头发丝间有细细的汗珠。这场面让世上所有的男人看了都会心疼,都会愧疚。这种体力和心理上的双重煎熬,需要怎么样的毅力啊？我当时发誓,如果我有座位,我会无条件地让给她。

车厢中的人,若想大小便,就要强忍,因为你无法去到厕所,即使到厕所,也没用,因为厕所里也塞满了人,别人是无法进去的。看到一个老太太,实在是忍受不了,也不顾了人的尊严,蹲下就尿了起来。我不住地看表,时间过得真是慢,每过一分钟,都何其得难,这漫漫长夜,何时是尽头？那是一次可怕的旅行,我整整站了将近二十余小时。回到家里以后,我的腿几乎都不能打弯,麻木数天后,方才好转。

现在,我竟能坐在卧铺车厢里,喝着茶水,悠闲地看着窗外的美景。而在旁边的硬座车厢里,我的那些同胞们,仍然没有座位,没有站立之处。他们就那样站着,站着,经受着炼狱般的煎熬。

素日,我听到周围一些人说,他们一听说坐火车就害怕,我也怕乘火车。即便是现在可以买到卧铺票,潜意识里,仍是怕,有时,躺在火车的卧铺上,心里也是不安。我们共同患上火车恐惧症。套用杜甫那句话:安得火车千万间,大庇天下苍生俱欢颜。何时啊,每个中国人,都能在火车上,找到一个属于自己的位置？

马新朝,作家,现居郑州。主要著作有诗集《幻河》、《青春印象》等。

大地手记

雪 松

正 午

正午,是被盛夏特殊命名的一个词。它来自于墙上的一柱水银,来自于空寂的街巷和墙下整齐有力的影子(影子里蚂蚁在成群结队地奔忙,它们的肩上扛着整个周围的昏睡)。来自于老屋里水缸周围的潮湿,脖子下面瓷猫深远的凉意以及一个光屁股孩子午睡中安稳、香甜的流涎。正午是一张宽大的荷叶下少女晒红的笑容,是一个少年来自于河边的死讯,和那双焦急的被炭火一样的地面烫得生疼的裸足。

一名流浪者的正午是无边无际的热浪——天空喷射的烈焰漫

过城市看门人慵倦的瞌睡,漫过偶过的密码一样匆匆的行人深陷的眼窝和路旁冰棍摊上发白的蓝色太阳伞——啊,蓝色,像伞下孩子吮吸那根冰棍时所发出的贪婪的"嗞嗞"声,像自来水管下痛饮时喉结的蠕动——这是流浪者的正午,拐过远处的街角,一个身上着火的人扑打身上的火。在感恩般浓重的树影里,他赤裸着上身安稳地躺在大地上,他随时随地梦遍了所有的旅途。正午,一个流浪者漫长的幻觉……

二　月

灰色——经历与选择交叠处刻骨铭心的颜色,停在华北平原的二月——一种不曾远离也不曾开启的心境停在车窗外。天地之镜仿佛被人重重地呵上一层厚厚的浊气:沉闷、单调、氤氲,纠缠不休,堵在胸口。石头砖房失去棱角,使劲细看也看不出一点绿意的杨树恹恹地呆立着,它在心里呼唤着——风,哪怕是最凛冽的寒风(它还不敢奢望阳光能迅速硬朗起来)。我甚至听到它在诅咒身上背负的已死的枝桠。划着一道道生硬的白印的柏油路上,牲口毫无表情地拉着车,它暗暗吃紧了力气的胯下,没有往日浓重的阴影(那阴影里的睾丸搅动着勃发的春天)。毫无表情的村舍,空无一人的田野,机械地在车窗上颠簸着。路旁,饭店门前招呼人的小伙计,重复地挥动着麻木的手臂———切都淹没在化不开的灰的死里,连飞驰的汽车也伤不了这坚硬的灰色——无形、不动而又严严实实。寒冷中养育起来的勇气被脏雾的灰、树的灰、干燥的土地的灰、眼睛里的灰吞噬——全部堵到了嗓子眼上，像一口怎么咳也咳不出来的浓痰。灰，漫进了车窗，落在衣服上、行李上、瞌睡的僵硬的脖子上，甚至被妈妈搂在怀中的小姑娘的花头饰上——一切都没有生机和快乐，仿佛这不是人们的本意。抖不掉的灰，成为人疲惫身体的一部分。感觉、欲望、说话的冲动，甚至沉思，都被灰淹没，没有一点烧过后的余温——世界从未如此彻底过，无论是红的热烈和蓝的清澈。二月是灰色的——"二月，墨水足够用来痛哭"（帕斯捷尔纳克）。车厢前面，几个第一次出远门参加考试的少年，热烈地谈论着他们未来的前途——我听到（而不是看到）灰色以外的颜色……

玩　泥

世界上最简单、最彻底的游戏——一切游戏的起点。它始于一个人同大地离别前最后的留恋。在庭院、河边，吹净天光里的浮土，一群光屁股的孩子深陷在泥团中。取自河底的泥土，湿润、柔软像母亲的乳房，天生属于他们，属于他们无所顾忌的鲢鱼一般的手。他们的捏弄有着舞蹈的性质。他们手中的兔子、羊和狐狸都处在舞蹈之中，没有被赶进生活。而当他们尝试捏一些他们未曾看见的事物，泥土的光泽瞬间显得肃穆。他们的手有了停顿，因犹

豫和猜想而有片刻的失神。在这之前他们贯穿在泥团中——也许就在那一刹那,他们发现泥越玩越少。泥不知都跑到哪里去了——不知被谁偷走了。他们光着屁股回家,泥藏进了他们的身体里。

小　调

——小调是哼出来的,有着院子里那一小片池水的蔚蓝色,它的轻松自得在不经意间流露出内心的热烈,像燥热中一阵凉爽的风——它在街道嘈杂的车声、人声里时隐时现(终于没有被吞没),一路逶迤而来,从楼房之间窄窄的夹缝中一直飘到楼门口。现在,它顺着楼梯轻快地上来了——我的邻居,一个太阳能热水器推销员,一个下班后爱在楼下摆弄自行车的人……小调没有具体的词,它的音调有着随意的仿制和无意识的即兴发挥,甚至是那些与他欢快的心情相反的旧歌旧调——沉重的、悲戚的……也被小调改造成了性质完全不同的颜色:洋溢温暖、充满信心——他上来了,小调还将他掏钥匙的声音感染得分外清脆、明亮。有小调的飘入,我的邻居家将会迎来一个愉快的夜晚——没有柴米油盐的争吵,没有夫妻间为孩子上不了好学校而引发的相互责骂、指责对方没有本事的羞愧,没有摔东西的啪啪声、哭声(作为邻居,我已习惯了这样的声音)……啊,美妙的小调,它比歌唱更自然、来自身体的更深处。它也许缘自今天的好天气,阳光明媚,绿草如茵,缘自一次激烈的讨价还价后成功的推销,缘自营销业绩表上红箭头的快速上升,缘自朋友一句深情的鼓励,竞争对手和解的眼神,抑或是一次内心隐秘的自我陶醉……我听着,一直听着,直到邻居把打开的门重又轻轻关上。不知为什么,我的眼里竟噙了泪水,因为,我仿佛听到了来自生活深处的平民式的顽强,以及对于生存下去的乐观和热忱。

黄　河

微蓝的光亮涌起在我的梦境中,那是隔壁的黄河在承受着宁静的月光。深夜,刮了一整天的唿唿响的风沙停了,河岸上熄灭的篝火里尚留有异乡流浪者的余温。一切都安静下来,此刻的黄河——这条世界上著名的河流,像一个至今也找不到属于自己的生活——一个苦闷的单身汉子(它被文化赋予得太多,剥夺得太多),难以入眠。它在低头细细地咀嚼着往事般的月光,它细碎的浪花抚摩着被冲刷得参差不齐的黄土,似乎在发出一丝丝难以察觉的幽怨和委屈。

从宽阔的黑皴皴的河道里升起来——月亮,更像是月亮,硕大而孤绝,刻在深蓝的天幕上,像一声积郁太久的旷世的叫喊——黄河,就从这声叫喊里流淌出来,但它细细的水流似乎有些羞怯、局促

和小心翼翼……

　　这不是月光的假象，这就是和我相伴的黄河。作为一个在黄河边上长大的人，我从未见过黄河的咆哮怒吼——那些声音都留在了老人们绘声绘色的描绘和身世中了。在我眼中，黄河是一条笼统的、缺乏细节的河流，黄土的两岸连同浑浊的断续的河水，就是它全部的单调、贫瘠——一种视觉里奄奄一息的空阔，一种庞大的废弃。黄河已不能容留过多目光的注视，以至于诗人在黄河上偶然看见一只美丽的蝴蝶，会发出异乎寻常的惊叹（见庞培《蝴蝶》），也不能容留南来北往的心的驻足，因为心已不能承载过多的沉重。横在黄河上的那些大铁桥、浮桥上，滚滚车流很简单地匆匆跨过了黄河。

　　唯有月光是眷顾的（因为它偏爱忧伤的事物），也许不仅仅是眷顾，对于黄河来说，它的莅临不啻是一种美学上的拯救——粗糙、裸露的岸线、稀疏的草木和岸边风干的木船，拥有了一层柔美的诗意，浑浊的细浪上波光粼粼。月光银色的手指格外深情地抚慰，又仿佛是在为黄河——这匹疲惫至极的老马疗伤。

　　在黄河，那却是一种更深的承受。

　　那些金戈铁马、奔走呼号、改朝换代，那些生命中曾经的承受之重，此刻要承受月光的轻盈。在古老的河道上，我真切地看见（就像我在白天里看见黄河的丑陋），那月光像一群群舞姿曼妙的少女，婆娑着银色的薄纱；又像是一只只精灵般的玉色蝴蝶，在轻轻逗弄一个梦魇的人——动作里充满诱惑和迷乱。

月光下的黄河,静静的,把声音藏在心里,竖起无数只灌满泥沙的耳朵,在谛听一只只蝴蝶。

变　迁

……这是一些心灵的哀鸣,这一声声或强烈或微弱的轰响,使家园的记忆变得更加脆薄,细若游丝。一列列朝向街道的老旧的墙壁,栖息着"爬山虎"茂密悠久的藤蔓,梦一样被驱散的蝙蝠,在这座城市从未露面的秘密的各种温馨的小昆虫,还有像老邻居们日常的话语一样静若肌肤的阴凉……随着推土机钢铁的爪子的疯狂摆动而轰然寂灭了。

那些老墙,比城市的诞生还要早,那是一些刚毅的脸和朴素的衣衫。现在它们过时了,时代需要新的粉饰——统一的,刷着银粉带着矛尖的那种铁栅栏。它们整齐简单,透明乏味,记忆要从这里重新开始吗?人们在欢呼,一切都要新的!

博物馆

谁能指出这些词语——不,这些慨叹的灵魂的色泽、温度、指向……它们在长满青苔时光的喃喃自语还和谁有关:斧钺、枷、拶

指、殉坑、陶甄、夔龙青铜鼎、刀币、陶俑、兽形悬钟、绳纹瓦、白臼、编钟、竹简、铭文、石纺锤、记名砖、画像石、夜光壁、乘云绣绮、水纹绫、刻花金碗、鎏金银盘、砚池、漆案、细瓷瓶……

雪松,作家,现居山东滨州。主要著作有诗集《雪松诗选》、《前方,就是前面的一个地方》等。

秋天里的秋天

杜爱民

　　戊子年的秋天在没有察觉中就来到了身边。我无法说清眼前的这个秋天与从前有什么不同。西安四季分明，不像昆明一年里只有春天。中国的节气和农时是按照西安周围的天时规律变化而确定的，但真正感到秋意的阴凉，并不在立秋那天，而是要等到国庆节过后。

　　我对节气感知的能力已经变得很弱了。生活在钢筋水泥的丛林里，又没有必要赶农时，自然这方面的敏感就会丢失，但每年的秋天还是要过的。

　　秋天究竟从何而来是无法看见的，单凭日历更是如此，因为阳历八月的天气，在西安仍然火热。这之后才会有一场接一场的雨，

空气里的燥热便渐渐褪去。我小时候对秋天的确认是看西安南城外树林里的老柿树,枝头的柿果红透了,我感知中的秋天就到了。

昨天晚上的雨断续下了一夜,午后放晴了一阵子,黄昏前又接着嘀嗒,到午夜临睡时已能感觉出凉意。

老一辈人对季节的变化更为敏感,而我现在往往是身在其中,却手足无措。我记得母亲在秋天的太阳下晒过的被褥,在夜晚里还保留着十足的温暖,阳光的味道在其间清晰可闻,像是从灵魂里漫散出来的,让人无法言喻,伴着微暗焦灼的清香,是秋天作为秋天所特有的那种气息。我一直把对于秋天的记忆与我心中所想的健康本身联想在了一起。那种源自光的温热,被用另一种方式传递和保存,然后经过人的体液传遍全身,像是在有意告诉生活中的人们,该如何懂得珍惜。

从前在一年之中,人们清楚应该为时节的到来做好准备,而现在这已是久违的想法和记忆了。人们无形中丢失了这种能力,与天地自然越来越疏离,年复一年的奔忙,却绝少是为了赶赴季节变化的邀约,更多是因为欲望,被本不属于人固有的东西所不断驱离。时节的最终来临会使人们为之所进行的劳作回归平静。内敛平淡安静的生活本身就是一种尊严。而欲望往往激发的是心绪永无休止的不宁。两者的区别显见,到了秋天结果也更为不同。

树叶渐黄,风声更厉,楼下扫街的老人这时候常会念叨,扫完落叶又该扫炮皮了。在秋天里,我从未感觉过时间像车轮,在我看来它更像环环相接的圆廓,不断向着世界的深处延伸,一直朝向我身体的内里。而我未有察觉,就已全然身不由己。

还是在多年前的秋天里，我独自去户县公干，归途中顺道去了净业寺。已是深秋时节，庙院中显得有些空落，只有经霜后的枫叶如雨而下，地上落满了橡果。方丈在禅房外的角亭中打坐，待完茶之后我们就空对着寺里的秋天，没有谁愿意开口说话，直到黄昏降临。

　　在下山的路上，方丈对我说起熬雕的事情：接连大约七天，必须面对凶猛的雕静坐，考验各自的韧性和耐力；这之后雕才顺服进食，成为人的朋友。说话的当头，我们已经出了山门，头顶上空有两只老雕，一只小雕围绕着我们盘旋。

　　我一直记着方丈师傅的这番话，时常在脑子想他说的事情，也许是因为自己的悟性，终觉得还无法理解他的全部用意。

　　自然中的有一些东西只属于季节，就像人在年轻时候的那些想法。一个人的内心远比外表所看见的还要真实许多，而我自己也正处在人生秋天的年纪，想法已经不多，也不再惧怕内心一天一天变得更空寂。人生有时就像季节一样，所不同的是：时间是从身体里经过的。该来的来，该去的都去了。

　　我在秋天里想象过另一个秋天。在另一个秋天里仍然有所期待。这之后，我好像是看见了我的命运之船，正处在茫茫的大海之中。秋天并不是码头，对于它的想象，根本与它本身无关。那是我自身的一厢情愿和多情。秋天在我眼前一晃就过去了。

　　我自己总像是站在时间的路口，与秋天相遇，然后再在道路上同它汇合，一同去追赶仍然无法预知的未来。一年重温着另一年的记忆。秋天紧邻着四季的末端，一旦走到季节的尽头，便会发现自

己原本的期待,其实根本就一无所有。而我还必须等待,就像在岁月之中的守候,告诉自己秋天过后还有另一个秋天。

这其中我知道了:或许快乐本身有它特殊的含义,不只是笑脸和幻觉中的慰藉,还包括走向它的过程中的艰辛与焦虑。与人生擦肩而过的经历,并不像所想的那样会转瞬即逝。它们都存在着,并且在不经意间又会重现灵光。尽管我们有可能对最初和最后的事物仍然一无所知,但我们在季节中获得了诚实如一的坚守。

秋天之中孕育着另一个秋天,也包含着我的好奇、期待与希望。

但我现在已经不相信承诺和应许,更不需要天赐的良机和自身之外的给予。我知道人最终面对的仍将是自己。住在自己的身体里,感受时间的冷暖更踏实。

我的内心远比这个秋天呈现的悲凉还要空寂。这又有什么意义呢?就像树叶的凋落,何止一次又一次再一次。更深的耻辱不在耻辱本身,而在于明知其有却无力防范阻止。被日复一日的节律所造成的机械呆板的惯性支配,感到有些东西愈加变得不可更改。

我所惧怕的并不是无力自拔的感觉和眼下世事对视觉造成的眩惑;我惧怕的是这秋日的高朗,和这其中变得更加透明又道貌岸然的东西。它们遮蔽了阴影和黑暗,与黑暗同质同构。

在透明的黑暗里,一切都可以被看见,又成了新的视野的盲点。萎缩其中,我的身体软弱,骨骼松脆,像石膏,只要轻微的抚弄,就会断碎成块垒。

我看见了面具后边的面具,还戴着面具,不是别的,正是我自己。

解释自己的人生境遇与这个秋天之间的关联,寻找词语同它们的相似性,只是文字游戏。用来解释被解释的东西,早已被解释殆尽。秋天在这中间像是一把铁椅,等待人来不断地落座加冕。从哪一点上它异出了自身的同一性,不再执意地等待确认从前、现在和未来对于自身的解码。

　　在秋天和人生呈现的东西中,尚有表达无法加以编码的东西。只是在我或许已经看见,却仍然无法能够说出。我所以还要写,也只是为了抵抗自身的毁灭。

　　杜爱民,诗人,现居西安。主要著作有散文集《马语》等。

狼与人

沈　睿

　　白瑞·霍斯屯·娄派兹的《狼与人》是一本非常出色的关于狼与人的关系的书。我常想，每一个人的一生可能都会有几本书如闪电一样照亮我们一直在黑暗中摸索的灵魂。这本书对于我就有这样的意义。书不仅极为引人入胜，而且引人深思。1978 年书出版后，在《纽约时报》畅销书榜上相当长的一段时间都位居前列。直到今日，好评仍然如潮。"一本灿烂美丽的书！""聪明绝伦！一部充满了智慧，献身精神和美的书！值得获得最广泛的注意，不仅为狼，也为人类。""充满了雄辩！他的充满了耐心的、努力地对这种被鄙视的、被恐惧的、被神话化的动物的理解，带领我们进入某种令人心颤的陌生之中，这种陌生表达了这本书的新的、原创性。"

不像往常一样,我没有一口气地把这本书读完。我读的时候,经常把书放下,站起来,在房间或到树林中踱步。是的,我被它的美丽的英语深深吸引,我也被娄派兹的思考深深震动。娄派兹对西方文化和行为的批判,激发我审视自己在思考现代性时的立场,激发我重新思考中国知识分子是怎样在二十世纪初把西方的现代性当成唯一的现代性的,激发我重新思考自己的文化传统。娄派兹的思考是一种挑战。是的,《狼与人》是这样一本书,你拿起来就放不下,可是,你又得放下,它迫使你思考。书写得非常美丽、机智、灿烂,但是,书又极为严肃、深沉,凝聚着一个当代知识分子对今日文化和人类在自然中的位置的挑战性的重新审视。作品语言美丽的原因是因为作者是一位文学家,他以写小说和散文著名,特别是关于大自然的散文。在美国当代文学中,他被誉为"美国作家中的主要的声音之一"。到目前为止,他已经发表了八部短篇小说集、一本寓言,及六部非虚构的纪实文学书。他的主要著作有《荒野笔记》、《狼与人》、《北极之梦》、《加勒比轻装行动》等。因《北极之梦》,他于 1987 年获得了国家图书奖;他还"因其出色的对自然历史的书写"获得了声誉卓著的"约翰·保柔金质奖章";因"人道主义写作"获得了"克利斯朵夫奖章"。在读娄派兹的书中,我逐渐发现这样一位声誉卓著的作家就住在我家的这个地区,俄乐岗州卡斯克德的群山里。虽然我不认识他,但是知道一位热爱大自然、热爱动物的著名作家也选择在我喜欢的地区居住,我觉得和他很亲近。我的大学里也有关于他的录像带,我借来看,听他朗诵自己的小说。左看右看,这个大胡子的瘦男人好像就

是我的邻居呀。

"我在阿拉斯加法尔邦克外的一间小木屋里写这些字。这里，寒冷如铁一样钉在每一个角落。漫长的冬天的黑暗使我们大部分时间都把灯点亮着。外边，零下三十度，烧炉子的木头在斧子刚一碰，就噼噼啪啪地爆裂开了。在灰光中的白天，隔着针叶短树丛，我可以看到那边。

到那边去。

在这个国度你走上好几个小时，你也看不到什么动物的痕迹。也许一个或者一只野兔的身影。也许过了好一会儿，一只驼鹿的痕迹。在深深的冬天，什么都简直一动不动。在这里存活极为艰难。但是，狼得吃。狼在黑暗中狩猎。狼得保暖。狼得到那边去。"

我出声地念这本书的最初的三个段落，好像是在念语言抑扬顿挫的诗歌。语言有怎样的魔力，可以使我们深深地着迷？前面的三段话，好像是在森林中的轻语，好像夜晚的喃喃自语。接着：

"狼是极为不同寻常的动物。1976年的冬天，一位航空猎手惊讶地看到了十只正在阿拉斯加山脉一座山顶上穿行的狼群。这里，狼群绝对无路可逃。持枪的人迅速地射中了九只。第十只冲跑到山顶的悬崖边。猎手知道悬崖下是万丈陡壁，三百多尺深，那只狼面临的只有一条绝路。他好奇地想看个究竟，看看那只狼到底在绝路面前能干什么。只见那只狼毫不犹豫地纵身跳下悬崖，掉到三百尺下的雪地上，抖抖身，在雪爆中夺路飞跑。"

"狼狩猎的技巧变化万千。狼给那些不能再狩猎的年老的狼提供食物。狼给彼此礼物。他们可以一个星期不吃不喝，他们可以疾走二十英里而面不改色。他们有三种交流系统：语言、行为和嗅觉。他们身体的颜色从藏蓝到纯白、从巧克力色、浅褐色、桂皮色、灰色，到金黄色。如同最高级的动物——灵长类动物一样，狼和它们的孩子在一起度过很多时光，它们玩耍、游乐、游戏。一次，我曾在冻土带看到一只狼，拿着一块草皮，藏来藏去，好像自己和自己玩飞盘似的玩了一个多小时。"

"狼对人类的想象力有很大很强的影响。狼让你瞠目结舌，狼使你惊悚不安。贝拉库拉印第安人相信，曾经有人想把所有的动物都变成人，结果，他只成功地把人变成了狼的眼睛。恨狼的人说狼是天生的杀戮者，但这不是真的；爱狼的人说不走投无路的狼从来都不杀人，这也不是真的。"

娄派兹为本书所写的前言把他的写作的立场、态度和情景都说得清清楚楚。作者的亲身观察、作者的研究、作者对人类和动物的关系的思考，都在这简短的前言中表达的极为透彻。使我更感兴趣的是，娄派兹说，我们创造了动物。我想，在什么意义上我们创造了

动物？动物的本性不是客观存在吗？怀着这个疑问，我打开了书，在阅读了全书之后，我恍然大悟。是的，我们创造了动物。考察我们对动物的理解，考察世界各个文化对狼的观念的变化，可以看出动物是怎样被人类从自己的经验出发逐渐创造出来的。考察我们对人的理解、对人和自然关系理解的变化，我们也可以说，人是被人自己创造出来的。如今，在后工业革命和信息时代，对动物的新理解是否应该导致我们对动物的新的创造？对动物与人的关系的新的创造？

　　虽然狼的社会结构和语言系统，其他狼生态学家的书已经介绍过了，娄派兹的书还是提出了新的观点。在娄派兹的新的观察和观点中，我觉得有意思的是在娄派兹论述狼的社会结构的时候，他愤怒地批评其他的狼生态学者，说："我们常常觉得如狼一样的动物，跟我们人类在社会结构上有那么多的共同点。因为雌性在西方的人类社会中是在次要的服从的位置上，所以，雌性的狼也相应地在服从的地位。这个类比实际上是很糟糕的。"传统的狼生态学认为公头狼是狼群的首领。娄派兹不同意这个观点，他说，事实是在狼群中，倒是母狼可能是狼群的首领，并对整个狼群有强烈的影响。因为是母狼决定在哪里建窝，建窝也就决定了随之而来的五六个星期的狩猎的地区。不仅母狼的作用极为关键，年轻的母狼通常都比年轻的公狼跑得要快一点，是更好的猎手。娄派兹思考到，"公狼猎手——公狼是狼群的首领这个形象是误导的。我敢肯定，这个误导的形象是由男性倡导和维持的——因为狼生态研究领域，是男性占统治地位。"娄派兹对某些研究者把自己的观点强加给狼或其他动物，比如大猩猩，来确认自己的观点很不以为然。

　　娄派兹探讨狼和人类的生活习性的不同。比如，狼不是像我们人类一样饱了或饿了的。它们的食物习惯和消化系统适应它们的生存环境，那就是或者暴餐，或者断食的生存条件。它们可以一下子吃它们体重的五分之一重的食物，它们也可以几天粒肉不打牙，三四天没有肉没有饭。它们暴餐一顿后就会躺在地上晒太阳，几个小时之后等消化完了再站起来。娄派兹探讨狼的智力和智慧。狼靠打猎为生，是出色的猎手，在打猎中它们不但有勇也有谋。它们懂得怎样布下埋伏，然后派两只狼去诱敌深入，然后群体共同行动，捕捉猎物。它们也懂得不能过分猎杀动物。在它们活动的领域，研究者发现，狼居然采用"间歇耕作"制来打猎，也就是说它们有些年根本不杀任何自己领地里某一地区的动物，等四五年后，等动物数量过分增长后，它们再去在那个地区狩猎。娄派兹揭示程式化的概念的荒谬，比如狼吃人的概念。娄派兹根据狼生态学家的研究，结论说，狼一般是不主动袭击人的。实际上，狼袭击和狩猎的动物是有选择的。通常狩猎的动物都是老弱病残的动物，狼一般不杀健康的动物。狼是怎样判定一只动物的身体状况的？也许是凭嗅觉，也许是外表的行为举止。一次一个研究者发现，一群狼看到四只野牛，两只公的，两只母的。其中的三只健康良好，一只有点瘸。这群狼走近野牛，然后又退回来，往返了几次。每次接近野牛时，那只瘸的牛都惊惶失措，四处察看，而那三只好牛都静坐不动，不予理会。最后，当狼接近瘸牛时，那只瘸牛单独面对狼群。好像狼和其他野

牛之间有了默契,好像选择的过程是双方共同进行的。狼专门袭击老弱病残的动物,是有逻辑的。因为老弱病残的动物本身就需要淘汰,在弱肉强食的生存竞争里,淘汰弱者是最合理的选择。所以,狼的食物链也是万物竞争的环节之一。虽然有很多传说说狼袭击人,但是,1945年美国鱼类和野生动物服务局报告说,二十五年来一例狼袭击人的例子都没有。加拿大安大略省的《每日星报》的主编吉姆斯·克兰悬赏一百美元,奖给任何报告狼袭击人事例的人。那个奖赏从来没有人领过。要知道安大略省南部是世界上狼最多的地区之一。

娄派兹在第一章中表达了一种在生态学研究中的新立场,那就是不是把动物当成简单的研究对象,不是人高于狼,不是用所谓的西方的科学研究立场来看待狼。他把狼看成是一个独立的、自主的存在,人和狼的关系是平等的。他对其他生态学家持西方人的所谓科学立场持强烈的批判态度。

第二章,娄派兹带领读者进入了人和狼共生的世界,在这个世界里,人与狼有着深深的理解和彼此的尊重。在北极地区生活的爱斯基摩人,观察狼、思考狼,他们对狼的认识和理解远远超过狼生态学家。娄派兹旗帜鲜明地要走向真正了解狼的人,请他们告诉我们他们对狼的认识。娄派兹接着说,"更大的议题就在此:我们从跟狼有差不多的相同的生存条件的、半游牧的人类猎手的生活方式中能学到关于狼的什么?"这两个议题是相辅相成的,北极猎手在狼身上看到的,也许就是我们从北极猎手身上看到的。北极猎手对狼的认识几乎和人类历史一样悠久，白人科学对狼的认识不过几十年。以几十年的、很多还是实验室的观察得来的知识来归纳狼、总结狼，而不向有实践经验的、有几千年与狼共存的经验的爱斯基摩人和印第安人请教关于狼，这种研究的荒谬性简直不言而喻。更为可笑的是，白人生态学家还在那里起劲地"发现"狼，"这样的事使我很不安，后来，我就更不安了，因为在现代爱斯基摩人的心中，狼有着无所不在的存在"。怀着这种信念，娄派兹满怀崇敬地叙述了爱斯基摩猎手和印第安猎手心目中的狼。他讲述了一个名叫斯蒂文森的狼生态学家的故事。1970年，斯蒂文森被派到北极去研究狼减少的原因。年轻的斯蒂文森在北极和爱斯基摩人一住就是三年，和他们一起同吃同住，爱斯基摩人喜欢他，把他看成是自己的一员。"他在猎手中研究猎手"，他逐渐学会了以爱斯基摩的时间和空间行动。他对狼的理解，既富有他所受的学院训练的背景，也有他苏醒的原始的感受力。

"无法从一个更宽广的视角看待动物的原因之一是我们大多数人都从概念上把自己和动物隔绝。我们不认为自己是动物王国的一部分。印第安却认为自己是。印第安人认为自己是人，动物是狼、熊、老鼠，等等。从这开始，在这章里，印第安人和动物的界限可能将消失，不是因为印第安人看不出自己和动物的区别，而是因为印第安人更关注自己和动物的相似性。"怀着对印第安人的极大尊敬，娄派兹谈论印第安人心中的狼。对印第安人来说，狼是和自己一样，有部落的。一群狼，就如同一个部落的印第安人，它们共同围

猎,共同抚育孩子。它们依靠部落或群体的力量生存下去。在这个意义上,印第安人把狼看成是和自己一样平等的生活在大地上的动物。狼成了印第安人的"坐标系统",像镜子一样反映了自己的生活方式和原则。

在印第安文化中,模仿狼,与狼关联可以说比比皆是。以狼命名的部落就如同狼本身一样,在美洲大地到处都是。美洲西北地区的两个大的部落之一是狼部落。南方三个大部落之一的部落是狼部落。他们不仅以狼给自己命名,他们也模仿狼,在很多仪式上他们穿上狼皮,以狼的形象在祭祀中出现。对狼的崇拜和尊敬使印第安人不杀狼。许多部落相信杀了狼围猎就进行不下去了,他们还相信杀狼的武器就再也不能用了,就失效了。

和谐的丧失是从十九世纪开始的。"从历史的角度看,我们所有人都得对狼的消失负责任!当十九世纪,印第安人告诉我们狼是兄弟的时候,我们却在布另外的道。"以科学的名义,以发展的名义,以恐惧的名义,以恐惧本身,是的,以恐惧本身,来成千上万地杀戮狼。这种杀戮,超过了所谓的对野生动物的控制,远远地超过了社会学家所宣陈的人在压力下会有偶尔的残酷行为。这种杀戮,"是对这种无理的预设的暴力表达;那就是人有权利杀戮其他动物,不是因为这些动物的所作所为,而是源于我们的恐惧;我们怕它们会做什么"。

对狼的恐惧和仇恨有两个根源。一是宗教性的,那就是把狼看成是穿着伪装的恶魔,一是世俗性的,那就是狼吃人类饲养的牲畜,因此使人受损失。在更广泛的意义上,这种恐惧和仇恨实际上表达了西方人对所谓的文明的理解。文明就是征服野生的自然,就是战胜"魔",杀戮狼就成为象征。象征着"文明"控制和征服野生的自然,给野生的、没有秩序的自然带来秩序,把"无用"的自然变成"有用"的。当然,西方人对自然的态度也有另外一面。那就是把自然看成是像神明一样崇高的地方,大自然高高在上,净化人类的灵魂。难怪西方文明中对自然的这两种理解会产生很大的冲突。直到今天,这两种哲学思想还时时刻刻在我们的生活现实中体现出来。经济发展论者认为野生荒地和大自然是发展的障碍,环境保护论者相信我们只是大自然的一部分,我们必须保护环境,在发展中尽力不破坏环境,这也是保护我们自己。

对狼的态度,就反映出了这两种哲学思想的根源。可悲的是,从十九世纪下半叶到二十世纪六十年代,"征服自然"派在现实中有更大的权力,因为美国正在向西扩展,移民们源源不断地从东向西占地定居,砍伐森林,美洲的狼被无情地杀戮,好像在进行着一场杀戮狼的战争。狼,被认为是罪恶的化身,人在狼的身上折射了自己的欲望、贪婪、暴力,人向狼不宣而战。狼,手无寸铁,在这场现代战争面前,被烧杀抢掠地杀光了。到六十年代末,除了阿拉斯加,美国本土上基本上没有野生的狼。是的,没有了。狼,作为北美大地的居住者之一,在西方文明的扩展中,从北美大地消失了。

值得庆幸的是,狼被美国国家鱼类和野生生物局列为濒临灭绝的动物。在狼生态学家和成千上万的环境保护者的努力下,狼重新回归到北美大地。到 2002 年,美国大地,不算阿拉斯加,一共有三

千七百只左右的狼。一天晚上,我在每个星期的《探索野生世界》的电视节目里,再次看到关于狼的纪录电影。这是一个新的片子,拍摄的是黄石国家公园中狼的生活。在电视中飞奔的雄伟美丽的狼,成为我们重新理解狼的象征。

　　"通过理解动物理解人的位置,不仅是对动物所作的对我们和动物共同分享的物质的、化学的、生物的领域的论断敞开心扉,还有可能产生一种更为深刻的交流。在交流中,动物有自己的意志、自己的意图和发挥影响的力量,他们有能力介入和改造我们的生活。"

　　"在今日美国西部许多地区的日常生活的谈话中,野生动物被认为可以把思想传给人们,可以跟人'说话'。在某种程度上,这是本土印第安人文化对西部分某些地区的无处不见的影响的结果。这种认识与人类智力的概念并不相悖。在这些地区,野生动物代表了重新认识我们在努力建设文明,发展和提高过程中被抛弃的知识,'倾听'动物是不离开人性的领域,是把人性的领域扩大到包涵那些不是我们自己的声音,是达到智慧的技术。注意动物的语言,意味着你进入了一个更少分析,更为复杂的意识。是明白生活的某些等式是不用解决的,意识到不为这些等式找答案比寻找假定的答案需要更多的智慧。在文化的西方,二十世纪早期和晚期科学的根本区别,十分明显的,就是,在科学话语中'我不知道'这个句子的出现。"

在这个意义上,在二十一世纪初,我们是否应该重新思考西方的"赛先生"对中国现代化进程和中国知识分子的深刻影响?

沈睿,作家,现居美国。主要著作有《假装浪漫:一个女人的视界》等。